後宮天《てん》后《こう》物語

～新たな妃にご用心!?～

夕鷺かのう

B's-LOG BUNKO
ビーズログ文庫

イラスト／凪かすみ

目次

荊《けい》志《し》紅《こう》
雛花の幼馴染で現皇帝。
雛花を後宮に閉じ込めるが、
本当の目的は……!?
槐《かい》黒《こく》煉《れん》
雛花とは異母兄妹で
志紅とは幼馴染。
志紅に帝位を簒奪され、
今は鷹の姿に。
後宮天后物語
人物紹介
～新たな妃にご用心!?～

呉《ご》灰《かい》英《えい》
後宮の妃嬪の一人。
花も恥らう6[redacted]歳。
藍《らん》雛《すう》花《か》
槐帝国の公主。
帝位を簒奪した志紅から
逃げるべく
後宮脱出計画中！
董《とう》珞《らく》紫《し》
雛花の侍女。
武術の腕も立つ
男装の麗人。

序

今や槐帝国《かいていこく》の皇帝《こうてい》となった年上の幼馴染《おさななじみ》、荊志紅《けいしこう》。彼に対する、藍雛花《らんすうか》の気持ちは複雑だ。かつては、誰《だれ》より大切な人だった。憧《あこが》れの、人だった。

たとえ異母兄《あに》を殺され、理不尽《りふじん》に夢を奪《うば》われ、閉じ込められても。まだ理解し合える可能性を諦《あきら》めたくない。——そう、思っていたのだが。

「小花《しょうか》。きみには明日、ちょっと引っ越しをしてもらうつもりなんだ」

後宮《こうきゅう》の皇貴妃《こうきひ》の室《へや》で朝餉《あさげ》の席をともにしながら、正面で同じく食事をとっている彼の顔をじっと窺《うかが》っていた雛花は、「は？」と間抜《まぬ》けな声を出した。

「お引っ越し？　……しかも明日って、ずいぶん急ですのね？」

首を傾《かし》げつつ、一体今度は何をするつもりだ、とジト目で睨《にら》む雛花に、「警戒《けいかい》しなくていいよ」と志紅は微笑《ほほえ》んで手を振《ふ》った。この時点で、十分に嫌《いや》な予感がする。

「移動先は、この禁城《きんじょう》の敷地《しきち》内だから。外廷《がいてい》にある高楼《こうろう》の、最上階の部屋を改装してみたんだ。すごく眺《なが》めがいいよ。ずっとではないし、小旅行気分でいたらいい」

雛花は一拍置いて、言《げん》の内容をじっくり反芻《はんすう》する。禁城は、政務の場である外廷と、宗室《そうしつ》の私的空間に当たる内廷《ないてい》に分かれており、雛花たちが今いる後宮は内廷だ。

（ええと。高楼……？　って、兵舎のすぐそばにある、貴人用の牢獄《ろうごく》のことじゃ……）

眺望抜群《ちょうぼうばつぐん》に決まっている。飛び降りたら死ぬ高さなのだから。

「絶対にイヤ」

さっきの「警戒しなくていい」の有効期限が儚《はかな》すぎる。雛花は片頬《かたほお》をひくつかせた。

「どうして？　警備は今以上にしっかりするし、内装もちゃんと整えてあるけど、何が不満かな。ここにいるより気分転換《てんかん》になると思うんだけど」

「本気で訊いていらっしゃるの？　『監視《かんし》は厳重にして、窓には鉄格子《てつごうし》、扉《とびら》には兵を配備済みです』の間違《まちが》いでしょ⁉　暗澹《あんたん》たる方向に気分転換してどうするのよ！　どこの世界に、ぶらり監禁《かんきん》つき小旅行で喜ぶ人間がいるんですの！　死んでもご免《めん》こうむります」

「うまいこと言うね」

「それはどうもありがとう、って自覚があるなら持ち出さないで！」

まったく動じない幼馴染に、雛花は額を押さえた。

（この人を理解できる日って、未来永劫《えいごう》来ない気がするんだけど……）

やっぱり悠長《ゆうちょう》なことを言わずに、一刻も早く後宮を脱出《だっしゅつ》すべきなんだろうか、と雛花は内心独《ひと》り言《ご》つ。この朝の会話が、思いがけない事態に繋《つな》がっていくとも知らずに。

追想

——幼い頃《ころ》から、彼女の人生は諦《あきら》めと隣《とな》り合《あ》わせだった。

人は言う。女のくせに、武術などやってどうする。女が生意気に剣《けん》を極《きわ》めたところで、どうせすぐに男には敵《かな》わなくなるのに、と。

どいつもこいつもやかましくて嫌《いや》になる。現に彼女は歳《とし》を重ねても、依然《いぜん》並の男など追《つい》随《ずい》も許さぬほどに強いのに、それがただ「女である」というだけで、その技量《ぎりょう》も日々の努力も、いずれ衰《おとろ》える無駄《むだ》なものとみなされる。……けれど。

——〝せいぜいいい気になっているがいいさ、董珞紫《とうらくし》。女だてらにちょっと腕が立つからって、師匠《ししょう》の御子息《ごしそく》にはてんで敵わなかったんだろ〟

手合わせの最中に悪態《あくたい》をついた同門の少年を、いつもより丁重《ていちょう》にぶちのめしておいたのは、それが図星だったからに他ならない。

〔分かってる。あいつには、荊志紅《けいしこう》には勝てない。武術も馬術も！　武官《ぶかん》として出世しようにも、家柄《いえがら》だって負けてるし……〕

それは当時、貴族の子弟《してい》たち相手に私塾《しじゅく》を開いて武芸《ぶげい》を教えていた最高位の武官、荊志《し》青《せい》の息子《むすこ》のこと。彼女も、志青の内弟子《うちでし》の一人だったから、その実力は嫌というほど知っていた。

たったひとつしか歳は違わないのに、彼のほうが後から始めた業《わざ》ですら、涼《すず》しい顔で彼女を追い抜いていく、本物の天才。

（結局、得意な武術でも男には勝てないのか。……所詮《しょせん》、私ははんぱ者なんだ）

認めるのが嫌で、やっきになって、志青の私塾を離れた後も修業に励《はげ》み続け。

男ものの袍褲《ほうこ》を身に纏《まと》う娘に手を焼いた家族に、行儀《ぎょうぎ》見習いと言われ末《すえ》の公主《こうしゅ》の侍女《じじょ》として皇宮《こうぐう》に送り込まれた時、彼女は自分が周囲から持て余されていたのだと知った。

「珞紫。おまえって、なんでもできるのね。馬の早駆《はやが》けに、弓に剣に槍《やり》に棒術《ぼうじゅつ》……かっこいい。羨《うらや》ましいわ！」

（なんだ、その皮肉《ひにく》）

美しく教養もあるのに、その出自のために兄姉《きょうだい》たちからないがしろにされる末の公主。後宮《こうきゅう》の隅《すみ》にある小奇麗《こぎれい》な宮で、瞳《ひとみ》を輝《かがや》かせて己《おのれ》を褒《ほ》める公主を、彼女は冷めた目で見やった。

（侍女相手におべんちゃらか。最近母親を亡《な》くしたばかりだったっけ？　よほど味方がいないんだな、この人）

「いやですねー、女が武術などやっても物好きなだけで、無駄なことですよ？」

返事に困った彼女が、他人から言われ続けたことを心にもなく返しておくと、「お馬鹿《ばか》」と公主は眉《まゆ》を吊《つ》り上げた。

「無駄、ですって？　冗談ではなくてよ。おまえが雨の日も風の日も、欠かさず稽古《けいこ》に励んでいるのは知ってるんですからね。わたくしがかっこいいって言っているのは、そういう努力をさらっとできてしまうところもなのよ。その憧《あこが》れを無駄呼ばわりなんて、持てる者の傲慢《ごうまん》もいいところじゃないの。この遠回し自慢《じまん》！　ずるいわ！」

（なんだそりゃ）

当時、まだ十そこそこだった公主の繊指《せんし》は、節くれて女性らしさの欠けた自分のそれとは大違いだったし、肌《はだ》は月光のごとき白さで、日焼けなどしてもいない。なのに、公主は言うのだ。「おまえ、妬《ねた》ましいわね！」と。

（へんな姫君《ひめぎみ》……）

でも、話していて悪い気はしない。

時おり、というか頻繁《ひんぱん》に、くだんの目障《めざわ》りな荊家の嫡男《ちゃくなん》が訪《たず》ねて来るのが鬱陶《うっとう》しくはあったが、侍女としての日々は割と充実《じゅうじつ》していた。

（この人に仕《つか》えていられるなら、今の生活も悪くはないかもしれないな）

いつの間にか、そんな風に思うようになっていた。なぜならこの自虐趣味《じぎゃくしゅみ》なあるじは、いつでもまっすぐ、彼女を見てくれる。そして、やれ妬《ねた》ましいそれ羨ましいと後ろ向きな冠《かんむり》をつけながら、自身で気づけなかった美点まで器用に見つけてくれるのだ。

——武芸にも秀《ひい》でた、優秀な侍女。そんな末公主の評価を受け容《うい》れて暮らすうら、いつの間にか、周りの目まで変わってきた気がする。

（このかたの前なら、我慢しなくていい。……私らしくいて、いいんだ）

ようやく、居場所を見つけた。誰よりも自分を必要としてくれる人を。そう思った。

——しかし、それなりに気に入っていた日々は、この後、とある事件を経て転機を迎えることとなる。


橙《だいだいいろ》色の炎《ほのお》が、闇空《やみぞら》を舐《な》め上《あ》げる。

屋舎《おくしや》がすっかり炭化し、黒い煤《すす》の木組ばかりとなっても、炎は勢いを止めない。顔を熱気が打ち、焼け落ちる宮の前で、彼女は呆然《ぼうぜん》と立ちすくんでいた。

（なんで）

（なんで、こうなった？）

——〝明日後宮《こうきゆう》を出たら、それっきりでしょ？　お母さまと暮らした宮にいられるのは今日で最後だから、ちょっと一人で気持ちの整理をしたいの。ほんの少しでいいから……〟

すぐに戻《もど》るから、と。朗《ほが》らかに笑うあるじの声が耳の奥《おく》にこびりついて離れない。

ここ最近は、あまりに目まぐるしく物事が動きすぎる。ついていけない。かつての師が無茶な反乱を起こそうとしたことも。あるじである末《すえ》の公主《こうしゅ》が、その息子を庇《かば》って、あばら家《や》じみた小離宮《しょうりきゅう》に移されることになるのも。

そして、今日まで暮らしてきた宮が、こうして目の前で炎に包まれていることも。

「雛花《すうか》さま……」

その場に呆然と膝《ひざ》を突《つ》いて、彼女は呟《つぶや》いた。

炎の回りは速く、ああ、これは助けに入っても、一緒《いっしょ》に焼け死ぬだけだと判断する己《おのれ》の冷静さが嫌になる。もっと馬鹿だったらよかった。恐怖《きょうふ》など分からないくらいに、無心に炎の中に駆《か》け込《こ》めるほど、愚《おろ》かになれれば。

(違う。それを言うならもっと前、幼馴染《おさななじみ》の命乞《いのちご》いに向かうあの人を無理にでも止めれば。その後も、どうにかして市井《しせい》に逃《に》がしでもすれば……。そもそも、後悔《こうかい》なんてしてる場合じゃないのに。こんな時にまで、諦《あきら》めばかりなんて、本当に、私は)

「――小花《しょうか》!」

天を突く火柱《ひばしら》を声もなく見上げている傍《かたわ》らを、さっと一陣《いちじん》、疾風《しっぷう》が駆《か》ける。否《いな》、周囲で消火していた者たちが「やめろ、死ぬ気か!」と制止する声で、風の正体が人なのだと気づいた時には、その後ろ姿はもう、炎の中に飛び込んでいた。

ほどなくして、崩《くず》れ落《お》ちる建物の中から、小柄《こがら》な影《かげ》を抱《かか》えた少年が現れる。藍《あい》を帯びた黒髪《くろかみ》で、抱《だ》かれているのが己のあるじだと察した彼女は、慌《あわ》てて名を叫《さけ》んで駆け寄った。

「雛花さま……!?」

ぐったりと気を失ったあるじは、固く目を閉じている。長い睫毛《まつげ》が煤で薄汚《うすよご》れた白い頬《ほお》に影を落とし、まるで命のない人形のようだ。

「……大丈夫《だいじょうぶ》だ、珞紫どの。少しやけどを負っているようだけど、息は落ち着いている」

父親に師事《しじ》していた時からの癖《くせ》で、彼は彼女を丁寧《ていねい》に「どの」と敬称で呼ぶ。平素は苛《いら》つくその呼び方も、この時ばかりは気にしている余裕《よゆう》がない。

「ああ。大丈夫、……小花は、……生きている、から」

今度は自身に言い聞かせるようなその声と、公主を抱きかかえながらわずかに震《ふる》える手に。彼もまた、失いかけた恐怖に怯《おび》えていたのだ、と悟《さと》る。

燃《も》え盛《さか》る宮から離れ、駆けつけた医師に腕《うで》の中の公主を診《み》せながら、彼は「……放火だそうだ」と呟いた。

「俺の助命を願ったことで、小花は皇帝陛下《こうていへいか》に疎《うと》まれた。だから、他の皇子皇女《きょうだい》たちの仕打ちに容赦《ようしゃ》がなくなったんだろう」

続けて、「犯人の当たりは大体つくから、相応の報《むく》いは受けてもらうつもりだ」と冷《さ》めた声で呟く少年に、彼女は顔をしかめ、「……さようで」と感情の籠《こも》らない声で返した。

（犯人が誰かなんて、どうってもいい。大事なのはただ、私が飛び込めなかった炎に、こいつはわずかな躊躇《ちゅうちょ》も見せずに突き進んでいった。その事実だけ……）

いつの間にか熾火《おきび》と化していた炎が、いまだぱちぱちと音を立てている。瓦《かわら》が崩れ、地べたに叩《たた》きつけられる音。飛び交う怒号《どごう》。

「……私、あなたが……あんたが大嫌《だいきら》いです。荊志紅《けいしこう》どの」

それを聞いているうちに、ふとそんな言葉が彼女の唇《くちびる》をついて出た。

「昔から嫌いでしたが、今はさらに倍増しです。マジうざいどっか行け、私の目の前から消えろとは言わないまでも、せめてこの世からは消えてくれって、何度思ったか知れない」

「普通《ふつう》、順番が逆じゃないか、そこは」

「いや、本心なので合ってます。……あんた、昔から完全無欠だったでしょうが。何、雛花さまのこと死なせかけてんですか。危険な目に遭《あ》わせる前に守れよ。あげくの果てに、あんたを守ったせいで仕打ちが酷《ひど》くなった、だぁ？　何をぬけぬけと。ざけんなクソ野郎《やろう》」

本当は——死んでほしい、と思ったことまではない。彼が公主に救われた時、せめて恩師の子が助かってよかったと思ったのは一応、たしかだ。でも。

「……」

多少の突っ込みは入ったが、罵倒《ばとう》の言葉を、彼は黙《だま》って受けとめていた。馬鹿正直に、ごもっともだ、とでも思っているのかもしれない。

だから、彼女は最後に吐《は》き捨《す》てる。

「でも、……こんな時に諦めて立ちすくんだままの自分は、もっと嫌いです」

「……珞紫どの？」

（この男は大嫌いだ）

けれどその、わずかな怯えも迷いもなく、まっすぐ末公主のために炎に飛び込んでいける後ろ姿は、信頼《しんらい》に値《あたい》すると思った。

（雛花さまを守ることに関して、こいつはどこまでも馬鹿でいられるんだろう。どこまでも、……それこそ自分を捨てることも……）

——敵わない。

初めて、素直にその事実を認める。才能でも、性差による体力でもなく。

（私は、……ここまでにはなれない。自分の命も二の次で雛花さまを第一に考えて動く。その点において、私は永遠にこいつには勝てない。だから）

自戒《じかい》を込めて、彼女は琥珀色《こはくいろ》の瞳で彼を見る。

ずっと気に障《さわ》って仕方なかった、その緋色《ひいろ》のまなざしを、射貫《いぬ》くように。

「私は、もう二度と諦めたくない。雛花さまを守ることについては。だからこそあんたの、迷いもせずに雛花さまのために火中に飛び込んでった、ドン引き級の執着心《しゅうちゃくしん》を信じます。……そのためにあんたが、この先、何をしたとしても」

——証明してほしい。この男に、あるじが命を擲《なげう》ってまで救う価値があったのだと。

その日、同じものを失う恐怖を共有した少年と少女は、まだ知らない。

やがて、時を経《へ》て奇妙《きみょう》な共犯関係を結ぶことになるのだと。

1 後宮脱出めざします

「灰英《かいえい》!?　ちょっと失礼しますわよ！」

春も深まり、桃《もも》の花期はとうに過ぎて、間もなく牡丹《ぼたん》が香《かお》ろうかという頃《ころ》。血相を変えて部屋に飛び込んできた雛花《すうか》に、いぶし銀の煙管《きせる》で一服しながら自室でくつろいでいたらしい後宮《こうきゅう》の住人——呉《ご》灰英は片眉《かたまゆ》をはね上げた。

「おや？　雛花さま、朝っぱらからどうしたんだい。こんな死にぞこないのババアのところに、皇貴妃《こうきひ》さまが息せき切って……」

この槐皇宮《かいこうぐう》の後宮で、九嬪《きゅうひん》は昭容《しょうよう》という上位の身分を持つ灰英は、白くなった髪《かみ》を掻《か》き、薄紫《うすむらさき》の眼《め》が特徴的《とくちょうてき》な、かつては細面《ほそおもて》の大変な美人だったであろう顔をしかめる。美姫《びき》が百花繚乱《ひゃっかりょうらん》の妍《けん》を競《きそ》うはずの後宮に、御歳《おんとし》六十とちょびっとの彼女が妃嬪《ひひん》として存在していいのかという疑問に対する答えはこうだ。「そもそもここ、平均年齢《へいきんねんれい》が七十後半の要介護《ようかいご》後宮なんです」と。

対して齢《よわい》十七の雛花は、この後宮では最年少である。しかしながら、まことに不本意なことに、この後宮の女あるじ――皇貴妃の位《くらい》を持つ。

そんな彼女の青みを帯びた黒髪《くろかみ》は、きれいに結《ゆ》われていたはずなのに、走ったせいかぐしゃぐしゃに乱れ、あしらわれた七宝《しっぽう》胡蝶《こちょう》の簪《かんざし》が無惨《むざん》に傾《かたむ》いてしまっている。

白磁《はくじ》の肌《はだ》は汗《あせ》みずくで、特徴的な孔雀《くじゃく》緑《みどり》の大きな目は、焦《あせ》りと疲《つか》れで据《す》わりかけ。こうなっては、「下賤《げせん》の血を引く、見た目だけ上等の落ちこぼれ徒花公主《あだばなこうしゅ》」と兄姉《きょうだい》たちから長年嘲《あざけ》られていた雛花の数少ない長所も台なしだ。

乱れた襦裙《じゅくん》の裾《すそ》を整える暇《ひま》すら惜《お》しむように、雛花は灰英に縋《すが》りついた。

「匿《かくま》ってちょうだい！　追われてるのよ！」

「はあ、誰《だれ》に……ってのは愚問《ぐもん》だったさねえ」

いいよ入りなよ、と扉《とびら》の内側に招き入れられた雛花は、そのまま衣装櫃《いしょうびつ》の中に飛び込む。

やがて、外から数名が踏《ふ》み入《い》ってくる音、がやがやという押《お》し問答《もんどう》の声などが雛花の耳にも聞こえてきたが、「あら嫌《いや》ですよォ、女の部屋に先ぶれもなく上がり込むだなんて。アタシにだって、陛下に玉のお肌《はだ》を許す覚悟《かくご》が必要だってのに」と頓狂《とんきょう》に絡《から》む灰英の口《こう》上《じょう》――彼女の年齢を考えるといささか兵が気の毒になる――がとうとう続き、ようやく静かになった。

「これで追《お》い払《はら》われてくれるんなら、禁軍《きんぐん》ってのもあんがい素直《すなお》で可愛《かわい》いもんだねえ。ほら、行っちまったよ。で？　何があったのサ。陛下《へいか》のお召《め》しだったんだろ？」

「呼び出しっていうか、訪問っていうか……ほら、このあいだ、わたくしの女媧娘《じょかにゃんにゃん》々の力が覚醒《かくせい》したでしょう？」

気まずげに視線を巡《めぐ》らせる雛花に、灰英は「うん、言ってたねえ」と頷《うなず》いた。

「万々歳《ばんばんざい》じゃないか。これで晴れて天后《てんこう》になれるって喜んでたろ。あと、監禁《かんきん》されてた自室からも脱走《だっそう》し放題だって。むしろ、皇帝《こうてい》陛下に真実を問《と》い質《ただ》せる好機《こうき》！　とかってサ」

「ええまあ、そのはずだったんだけど……」

ため息をつき、雛花は軽く額を押《お》さえた。


そもそも。女媧の力とは、天后とはなんぞや、といえば。その大意を説《と》くには、まずこの世界のありようを知る必要がある。

広大な樹海《じゅかい》と砂海《さかい》に東西が隔《へだ》てられた世界は、民族や文化はおろか、成立過程、果ては生態系や物理法則に至るまで、おのおのがまったく独立している。雛花たちが暮らすのはその東側、『桃華源《とうかげん》』と呼ばれる地だ。

創世《そうせい》の兄妹神《きょうだいしん》である伏羲《ふっき》と女媧が、渾沌《こんとん》の闇《やみ》を濾《こ》し取《と》り、文字——韻《おと》という横糸と、容《いみ》という縦糸に紡《つむ》ぎ出して織り、創《つく》り上げたのが、桃華源。ゆえにここは、文字と言葉が何よりも力を持つ。その理《ことわり》を韻容五彩《いんようごさい》と呼ぶ。

そして、その男女神、伏羲と女媧の力を宿す者が『皇帝』と『天后』となり、森羅万象《しんらばんしょう》を文字で操《あやつ》る力を以《もっ》て統治してきたのが、槐帝国《ていこく》だ。

雛花はもともと、この槐帝国の末《すえ》の公主《こうしゅ》である。そして、当代皇帝となった異母兄《いぼけい》、黒煉《こくれん》の治世《ちせい》のもと、皇帝の実娘《じつじょう》だけが受《う》け継《つ》ぐことのできる国守の巫女《みこ》『天后』の座を目指し、勉学に明け暮れる日々を送っていた。

しかし、いかに皇統《こうとう》であっても、雛花の立場はずっと微妙《びみょう》なものだったのだ。

原因はかつて、――彼女の父に当たる当時の皇帝に反旗《はんき》を翻《ひるがえ》した禁軍《きんぐん》の長・荊志青《けいしせい》の一人息子《むすこ》を庇《かば》ったせい。のちに〝荊《けい》の乱《らん》〟と呼ばれるこの謀反《むほん》は、事前に阻《はば》まれはしたものの、父帝の怒《いか》りは激しく、荊一族は族誅《ぞくちゅう》の憂《う》き目《め》に遭《あ》った。

だが、その時ともに殺されるはずだった荊家の嫡男《ちゃくなん》は、雛花の幼馴染《おさななじみ》。それも、何者にも代《か》え難《がた》く大切な。だから、せめて彼だけでもと、彼女は命がけで父帝にぬかづいた。

結果、幼馴染の命は救えたものの、差し出た振る舞いの罰《ばつ》として、異母兄姉《いぼきょうだい》たちからの嫌がらせに耐《た》えながら、粗末《そまつ》なあばら家暮らしを余儀《よぎ》なくされる。

それでも雛花は念願叶《かな》って、女媧娘々《や》をその身に降《お》ろすことに成功し、二十年も不在であった天后として、めでたく立つ――はず、だったのだ。

栄光への道を断《た》ち切ったのは、年上の幼馴染。他でもない、雛花がかつてその身を賭《と》して庇った、逆賊《ぎゃくぞく》の血筋に連なる青年――荊志紅だった。

彼は、よりによって新たな天后誕生を祝う内々《うちうち》の宴《うたげ》で、しかも雛花の目の前で皇帝を弑《しい》した。四阿《あずまや》の柱に無惨《むざん》に磔《はりつけ》にされた異母兄《あに》の死に顔を、今でも雛花は目を閉じるたびに思い出す。

（黒煉陛下……煉兄《れんにい》さまは、実際は、術を使って密《ひそ》かに生かされていたんだけど……。でも、あの簒奪《さんだつ》の晩のことは、わたくし一生忘れない。紅兄《こうにい》さまが、……あの人が。わたくしの目の前で、煉兄さまの胸を剣《けん》で貫《つらぬ》いて殺したのは、事実だもの）

たとえどんな事情があっても、それだけは絶対に許せない。裏切ったのが、かつて誰よりも大好きだった、〝紅兄さま〟だからこそ。

志紅は黒煉を殺すと、主君《しゅくん》から帝位《ていい》を簒奪して皇帝となった。どうして彼が宗室《そうしつ》の血統にしか降りないはずの伏羲を宿しているのか、その理由を雛花は知らない。

――〝今日からきみは俺の妻だ〟

――〝きみは天后にはなれない。この先、決して〟

反抗《はんこう》の余地もなく、志紅は雛花を己《おのれ》の後宮に閉じ込めた。そして、言葉で、態度で、丁寧《ていねい》に押しつぶすように少しずつ希望を奪っていく。

また天后という存在は、女媧と同一視されるため、生涯を独身で貫き処女《おとめ》を守らねばならず、その兄神伏羲の化身たる皇帝との婚姻は絶対の禁忌《きんき》とされる。既成事実《きせいじじつ》こそないが、志紅はそれを逆手《さかて》にとって、雛花を無理やり正妃に仕立て上げたのだ。雛花が夢を叶える道を、徹底的《てっていてき》に絶つために。

(全部、どうしてなのか。あの人のことは、許せないけど、理由を……知りたいと思った)

優《やさ》しかった、憧《あこが》れだった志紅。

なぜ、竹馬《ちくば》の友《とも》だった黒煉を裏切り、帝位簒奪という凶行《きょうこう》に及《およ》んだのか。

なぜ、雛花が天后になるのを邪魔《じゃま》するのか。

そしてなぜ、雛花に何も話してくれないのか。かつて一緒《いっしょ》に過ごした時間すべてが嘘《うそ》で塗《ぬ》り固《かた》められていたとは、どうしても思いたくない。

(この後宮を脱出《だっしゅつ》して、紅兄さまの真意を探《さぐ》るわ。煉兄さまも無事に取り戻す。そして、なんの憂《うれ》いも残さず、晴れて天后になるのよ！)

もろもろすったもんだの果てに、ついに女媧の再降臨《さいこうりん》に成功し、天后の力を覚醒《かくせい》させたはずだったのだが——

「雛花さま、あんた事情を知りたいっていつも言ってたから渡りに船だろ。逃げ回ってどうするね。天后の力も使えるようになったんだしサ。面と向かって陛下と対決したらいいじゃないか」

煙管から濃《こ》い蜜紅《みつべに》を塗った唇《くちびる》を離し、ふーっと紫煙《しえん》を吐《は》く灰英に、雛花は情けなく口をひん曲げた。

「……使えないのよ」

「へ？」

「だから！　ちゃんと覚醒したと思ってたんだけど、力が使えないのよ!!」

短い呪《じゆ》を唱えながら己の身体《からだ》の一部を犠《にえ》として女神《めがみ》に捧《ささ》げることと引き換えに、たった一文字指で宙《ちゆう》に記《しる》すだけで森羅万象を操る、強大な天后の力。

先日、雛花はたしかに女媧を呼び出し、彼女と通じ合ったはずだった。

これで、対《つい》となる男神《おがみ》・伏羲の力を宿す志紅と対等だ！　と息巻いたのも束《つか》の間《ま》。またしても女媧が応《こた》えなくなってしまっていることに気づいたのだ。

「おまけに間が悪いことに、それが紅兄さまにバレたっていうか。力を使おうとして失敗した現場を見られてしまって」

「どうせ、陛下に牽制《けんせい》かけるつもりでしくじったんだろ。まあ、また脅《おど》しでもかけられて、黙《だま》ってられるか！　ってな展開になったのかもだけどねえ、……あーあ」

「よ、……よく分かったわね」

急遽《きゆうきよ》力を使わなければならない事態だったのはたしかだ。

図星をつかれた雛花は、左手首に目を落とした。そこには、女神が己のもとに降臨した証《あかし》、龍《りゅう》の鱗《うろこ》と蓮《はす》の花、中央に〝韻《いん》〟の一字を組み合わせた紋様《もんよう》、蓮《れん》華龍鱗紋《かりゅうりんもん》が刻まれている。

事の発端《ほったん》は昨日の朝だ、と雛花はいきり立つ。

「いきなり泰坤宮《たいこんきゅう》を出て、囚人《しゅうじん》用の高楼《こうろう》に移れ、なんて言われましたのよ。ただでさえ不自由なのに、そんな陸の孤島《ことう》みたいなところに移されたらどうなるか！」

（まったく……何を企《たくら》んでるのか尋《たず》ねても『言いたくないから言わない』って、せめて釈明《しゃくめい》くらいしてよ!?）

そこで、意気揚々《いきようよう》と左手の紋をかざし、「もうあなたの言いなりにはならなくってよ！」と高らかに宣言した雛花だが、召喚《しょうかん》の呪を唱《とな》えても女媧が顕現《けんげん》するどころか痛々しい沈黙《ちんもく》が横たわるばかり。あれはどう高く見積もっても、最悪に間抜《まぬ》けだった。

「それで天后の力を使えないと知った陛下が、こりゃいいぞとさらなる監禁の手を意気《いき》揚々《ようよう》と伸《の》ばしてきたもんで、泡《あわ》食って逃《に》げてきた……ってとこかい？　災難だったねえ」

「灰英あなた千里眼《せんりがん》ですの。だったら妬《ねた》ましさに歯ぎしりしそうだわ」

「んなわけないだろ。だいいち千里眼と順風耳《じゅんぷうじ》っていや、初代天后の従えた臣《しん》の名前じゃないか、当代天后のあんたが嫉妬《しっと》してどうすんだい」

「なんでも見通せる目となんでも聞こえる耳とか、どんな反則設定なのよ、ちょっと分けてほしいわよね。羨《うらや》ましいわ……」

「おーい、神仙《しんせん》に妬《や》いてないでとっとと現実に戻っておいでな。で？　あの、ちょっといろんな常識の箍《たが》が外れてブッ飛んでる陛下は、次に何やらかすつもりだって？」

「エッ、そ、それは」

答えかけて、さすがに雛花はちょっとためらった。

「その、……特注するものがあるって、わたくしの室に宝石商を呼びつけて……」

「なんだ、別に普通《ふつう》のことじゃないかい」

正妃《せいひ》の身を彩《いろど》る新しい装身具を買い求めるつもりなら、皇帝の行動としては実に当たり前。訝《いぶか》しんで片眉を上げる灰英に、雛花は投げやりに続けた。

「注文するのは、着けっぱなしでも足が痛まない、特注の足枷《あしかせ》と鎖《くさり》だそうよ……」

「訂正《ていせい》。そら頭おかしいわな」

灰英がぎょっと身を引いた瞬間《しゅんかん》、雛花は我《わ》が意を得たりとばかりにたたみかける。

「でしょ!?　そうよね本当にね!?　もっと言ってやって!!」

高楼に幽閉《ゆうへい》の次は足に鎖ときた。意味が分からない！　と猛抗議《もうこうぎ》した雛花に、その時の志紅は、形のいい眉《まゆ》をわずかにひそめて、不思議そうに問い返してきたものである。

――〝分からないって、何が？　ちゃんと足首の採寸をしないと、後で痛い思いをするのはきみなのに、小花《しょうか》〟

問題はそこじゃない！　と突っ込んだ勢いで逃げ出してきたのは、いたって正常な反応だと思っている。さすがに灰英も神妙《しんみょう》な顔で頷いてくれた。

「そうさねやばいね思ったよりイカレてたよ。……しっ、静かにおし。大声出すと気づかれるよ」

慌《あわ》てて口許《くちもと》を押さえた雛花だが、息をひそめて誰も来そうにないのを確認《かくにん》すると、「それで」と神妙な顔つきになる。

「こんな時だけど、というかこんな時だからというか。頼《たの》んでいたものって、どうなりまして？」

「ああ、『令牌《れいはい》』さね。ほら、これだ。準備したのはアタシじゃないけど、けっこう大変だったみたいだよ？　耄碌《もうろく》ババアばっかりに見える後宮なのが幸いしたねえ。老後の楽しみの手すさびのためだっていえば疑われにくい」

「えっ、すごい！　本当に!?　……しかも『白楽天《はくらくてん》』、『李白《りはく》』に『張九齢《ちょうきゅうれい》』、『杜甫《とほ》』、……うそっ、『孫武《そんぶ》』まで!?　全部、貴重なものばっかり！」

肩《かた》を竦《すく》めた灰英が差し出した布袋を検《あらた》め、中から石剣《せっけん》や牌を取り出して眺《なが》めながら、雛花は感嘆《かんたん》の声を上げる。

「樹海や砂海産の石碑《せきひ》というだけで入手困難なのに。しかも、よく見かける詠仙《えいせん》のばっかりじゃなくて、珍《めずら》しい説仙《せっせん》のまでなんて。それも『孫武』ほどの強い令牌、初めて見たわ」

令牌とは、——世界を区切る樹海や砂海に、自然と〝生えてくる〟石碑を使った道具だ。

碑《ひ》には、この世ならざる崑崙《こんろん》の神仙たちが記したさまざまな文が刻まれており、その文言を操って世界に干渉《かんしょう》する術を令牌術と呼ぶ。

「これだけ力がある令牌が揃《そろ》っていれば、わたくしみたいなヘッポコ残念無念どうしてこうなった令牌術士でも、なんとか術が使えそう……！」

「あんたほんとに自虐が好きだね、もう慣れたけど。気に入ってくれてよかったよ。後宮ン中に、首都春燕《しゅんえん》から北の都冬鴛《とうえん》まで股《また》に掛《か》けてた、顔利《かおき》き商人の後家《ごけ》がいてね。まあちっと時間はかかっちまったが、ちょろいもんだとサ」

「なんというか、煉兄さまの言う、『史上最強の後宮』の名は伊達《だて》じゃないですわね……。そのかた、また名前を教えてちょうだい。ちゃんとお礼をしなくちゃだわ」

しばらく令牌をためつすがめつしていた雛花は、「そう、それと」とさらに灰英に切り出した。

「頼み事ばかりで申し訳ないんだけど、もうひとつのお願いのほうは……」

「もちろん、そっちも抜かりないサ。っていうかさっき届いた。今聞いてくかい？」

「助かりますわ」

頼み事とは他でもない。――情報収集だ。

（わたくしには味方が少ない。後宮のおばあちゃ……他の妃嬪たちは助けてくださるけれど、彼女たちも後宮から出られるわけじゃない。外の世界に通じる人が必要だわ）

そもそも雛花は、何がなんだか分からないうちに後宮に放《ほう》り込《こ》まれた上に、志紅の手で徹底的《てっていてき》に情報から遮断《しゃだん》されている。

（静かすぎるのよ、この事変《じへん》は。いろいろ世間に事情が伏《ふ》せられているとはいえ、曲がりなりにも政権がひっくり返ったはずなのに、大きな混乱はなさそうだし、驚《おどろ》くほど犠牲《ぎせい》も少ない。昔馴染の侍女《じじょ》の珞紫《らくし》は、紅兄さまに寝返《ねがえ》ってしまって何も話してくれないし。今のままじゃ、……紅兄さまとは戦えないわ）

せめて、簒奪の詳《くわ》しい経緯《けいい》を知るべきだ。なぜ、ここまで簡単に事が運んだのかを。

「でも、すごいですわね。こんなに早く調べがつくなんて」

感心する雛花に、灰英はにやりと笑った。

「いやねえ、後宮の二十七世婦《にじゆうななせふ》に、昔、隠密《おんみつ》をやってたのがいて」

「ほんと後宮無敵ですわね!?」

一見すると要介護後宮なのだが、その実態は、黒煉が精選《せいせん》した、史上最強に経験豊富な手練《てだれ》集団だ。

（ひょっとしなくても、ものすごいかたばっかりなのよね……さすが、人を見る目を持つ人たらしの煉兄さまが選《え》り抜《ぬ》いただけあるわ。まあ、ここが後宮だってことを考えなければ、だけど！）

ちなみに目の前にいる灰英も、この槐帝国の中心である春燕きっての女郎宿《じょろうやど》の、もと爆炭《おんなあるじ》だ。

表向きには、黒煉の酔狂《すいきょう》で集められた無用の妃嬪たちだと思われている。当然のこと、志紅も知らない事実だ。

（だからこそ、絶対に紅兄さまにだけは隠さなきゃいけないのよ。よぼよぼのおばあさんばかりの、姥捨《うばす》て後宮だって思わせておかないと）

彼女たちまで取り上げられたら、雛花にはもう、頼《たよ》るべきよすががない。雛花の心強い味方だと分かれば、すぐにでも志紅は妃嬪たちを排除《はいじょ》しにかかるだろう。

（うう。いくら考えても、割に合わない危険な綱渡《つなわた》りだわ……）

いまさらの事実に何度目かの戦慄《せんりつ》を覚える雛花に笑い、灰英は口を開く。

「志紅陛下の帝位簒奪、なんであんなに事が上手《うま》く運んだのかって？　そりゃ、なんてことない結論サ。裏で、李柱国大将軍《りちゅうこくだいしょうぐん》が立ち回っていたんだよ」

「……李将軍？　まさか、李、彗縹《すいひょう》？　あの？」

おそるおそるの雛花の確認に、灰英は「そう」と頷く。

「それは、……たしかに納得《なっとく》するしかないかもですわね。李将軍といえば『武《ぶ》の丞相《じょうしょう》』と呼ばれるほどの威勢《いせい》を誇《ほこ》るおかたですもの」

雛花は顔をしかめた。

李彗縹。右龍武軍《うりゅうぶぐん》の柱国大将軍――禁軍の総大将の一人だ。

柱国大将軍は全部で四人いるが、中でもくだんの李将軍は、武勲《ぶくん》はもちろん、並々ならぬ智謀《ちぼう》を謳《うた》われ、当代きっての能臣《のうしん》との呼び声も高い。実力を以て権勢を得、武官ながら文官《ぶんかん》を含《ふく》む禁城すべての隠《かく》れた統率者《とうそつしゃ》ともいわれていた。実質、黒煉の治世においては、皇帝に次ぐ実権を有した人物といっていい。

「……李将軍はもともと羽林軍《うりんぐん》で荊志青将軍の右腕《みぎうで》とされていた部下だったけれど、〝荊の乱〟の前に、自ら将軍のもとを離れて龍武軍への移籍《いせき》を願い出ていたんだったわね。だから、乱の影響《えいきょう》は受けずにいられた……」

先見《せんけん》の明《めい》があったのだろう。当時、志青の下についていた腹心たちは皆、彼と運命をともにしたが、彗縹だけは一人生き延び、群を抜いて出世した。それこそ、廃《はい》されて久しい、皇帝補佐官《ほさかん》『丞相』と陰《かげ》であだ名されるくらいには。

（志青さまといくつもお歳《とし》は変わらないはずだから、今は不惑《しじゅう》も半ばを過ぎているわよね。龍武軍で紅兄さまを引き立てたのも彼だったと聞くし。言われてみれば、紅兄さまと繋《つな》がっているとして、なんら不自然のない人物だわ）

そんな強力な支援者《しえんしゃ》がいたなんて、という思いと、「志青さまとは縁《えん》が切れているはずなのに、どうして李将軍がいまさら」という疑問が残る。彼が黒煉の治世に不満を持っていたという話はついぞ聞いたことがない。

「分かったわ、ありがとう灰英。これで逃げてからの行き先が決まった」

令牌を布で丁寧《ていねい》に巻いて身体に括《くく》りつける雛花に、灰英は訝しげな顔になる。

「ん？　逃げるって後宮から？　まさか今すぐかい？」

「本気で皇宮そのものから脱出する気はないわ。煉兄《れんにい》さまを取り戻さないといけないし、……できるとも思えないし」

幸運にも出られたとして、すぐ追手《おって》に捕まるだろう。志紅にも言われたが、根本的な問題が解決しない限り、安心して逃げられる場所など、この世のどこにもないのだ。

「だからって、いつまでも、何もかも閉ざされた後宮におとなしく縛りつけられているわけにはいかなくてよ。まずは、李将軍と話をしてみることにするわ。正面からお願いしても、あの紅兄さまが聞いてくれるとは思えないから……ね」

志紅の簒奪劇を裏で支えていた人物が彗縹なら、話をしてみる価値はある。いくらなんでも味方につけるのは難しいかもしれないが、志紅と対等に接することができる人間は限られているし、簒奪の経緯を知る手掛《てが》かりにもなるだろう。

（今なら、ものすごく強力な令牌がたくさん手に入ったことだし）

包みの中から、詩碑《しひ》のひとつ――『李白』を取り出し、雛花はにこりと唇の端《はし》を吊《つ》り上げた。

細心の注意を払って灰英の室を出た雛花は、丹塗《にぬ》りの柱の無数に連なる長い回廊《かいろう》の端に身を寄せ、外の様子を窺《うかが》う。そして、そこにあった光景に、思わず呆《あき》れた。

禁軍の鎧《よろい》を身に着けた兵士たちが、等間隔《とうかんかく》に配されている。徽章《きしょう》はもちろん龍武軍のものだ。

(ああもう、西方諸国みたいに、この槐後宮も男子禁制だったらよかったんだわ。どれだけわたくしを逃がしたくないのよ……!)

このままだと、普通に脱走を図《はか》ったところですぐに連れ戻されておしまいだ。

(女媧娘々の力はまた使えなくなってしまったけれど……天后の資格を得てから、どうしてかしら。令牌術の腕《うで》が急に上達したのよね。前は、どんなに長い詩を頑張《がんば》って最後まで唱えても、小石を転がしたり申し訳程度の風を吹《ふ》かせたりする程度だったのに)

今の雛花には、詩碑全文のうち関連する一部だけ唱えても術を行使できるのみならず、その抜粋する箇所を工夫することで、文言の意味を読み替えて使うという変則技も可能になっていた。

「月暈天風《げつうんてんぷう》、霧《きり》開かず」

その詞を唱えながら令牌を兵士たちのほうに投げた瞬間、からんと転がる音に気を取られて顔を振り向けた彼らを、突風《とっぷう》が直撃《ちょくげき》した。

「うわっ!? なんだ」

「霧が……!」

悲鳴じみた声を押し包むように、さらには濃霧《のうむ》も立ち込める。

（ごめんなさい！）

小さく胸の中で謝《あやま》り、雛花は混乱する兵士たちの目の前をすり抜けていった。


こんな調子に、令牌《れいはい》をいくつか消費することで、雛花《すうか》はどうにか兵をかわしていた。

（もう少しで後宮脱出できそう！　といっても問題はこれからだけど……どうしようかしら。李《り》将軍と会いたいだけなのに。いらっしゃるとすると外廷《がいてい》のほうよね……？）

皇帝の私宮に当たる晴乾宮《せいけんきゅう》の手前で、雛花は立《た》ち往生《おうじょう》してしまった。

今は、飾り柱の陰に隠れ、ひとまず兵士たちをやり過ごしている。すぐそばで「皇貴妃《こうきひ》はおられたか？」「いや、こっちには……」と言《い》い交《か》わす声に、雛花は身を縮ませた。

いよいよ脱走がばれたらしく、結構な騒《さわ》ぎになってしまったのだ。ここまで話が大きくなると、目的を果たす前に貴重な令牌を使い切ってしまう可能性が高い。

（あと一息なのに！　令牌は今後のためにも残しておきたいんだけど、出直すわけにはいかないし。どうしようかしら）

ためらいつつ一歩進み出たところで、足がパキリと小枝を踏《ふ》んだ。

（まずっ……！）

「誰かいるぞ！」

「音がした。こっちだ」

途端《とたん》に兵士たちが色めき立つ。そうこうするうち、わらわらと人が集まってきた。

（ひっ！　紅兄《こうにい》さまってばいったい何人投入してらっしゃるの!?　権力濫用《らんよう》よこんなの！）

おまけに雛花を見つけられなかった時の処遇《しょぐう》について、よほどのことを言われているのか、声に滲《にじ》む彼らの必死さときたら尋常《じんじょう》ではない。

「草の根分けても捜《さが》し出《だ》せ！」

「床石《ゆかいし》を全部はがせ」

「地べたを掘《ほ》り返してふるいにかけてでもお連れ申し上げろ」

（さすがにそんなところには隠れられないわよ!?）

どれだけ平べったい人間だと思われているのだろう。突っ込みを胸に息を殺す。彼らに志紅《しこう》がいったいどういう命《めい》じ方をしたのか非常に気になるところだ。

しかし、とっさの目くらましにちょうどいい令牌は、もうかなりの数を使ってしまった。動くに動けず、さあどうする、というところで、不意にぽんと肩を叩《たた》かれる。

「これは、藍《らん》皇貴妃ではありませんか」

（!?）

声にならない悲鳴が咽喉《のど》を抜《ぬ》ける前に、雛花は慌《あわ》てて両手で口を押さえた。

（み、見つかった……!?）

意を決して振り向くと、そこにあったのは、いかつい兵士の顔ではない。

見知らぬ男だ。柔和《にゅうわ》な顔立ちは若々しいが、簪《しん》で貫《つらぬ》き冠《かんむり》に収めている茶褐色《ちゃかつしょく》の髪には白いものが交じっているため、それなりの年齢だろう。片手に持った白い羽扇《うせん》でゆるりと己《おのれ》をあおぎ、口許に指を押し当てる仕草はどこか悪戯《いたずら》めいていた。

「しーっ。声を出すと見つかってしまいますよ。どうぞ、こちらへ」

穏《おだ》やかな調子で続けながら、彼は己の纏《まと》っていた袍《ほう》を脱《ぬ》ぐと、雛花の頭にかけてくる。

ばさりと音を立てて視界が制限される間際《まぎわ》、わずかに見えた彼の腰飾《こしかざ》りに息を呑《の》んだ。

（獅子《しし》の佩玉《はいぎょく》！）

その意匠《いしょう》が示すのは、槐帝国《かいていこく》で最上位の武官――柱国大将軍《ちゅうこくだいしょうぐん》である証《あかし》だ。何より、被せられた袍の色。

（緋袍《ひほう》を下賜《かし》されているなんて、通常の柱国大将軍ではあり得ない。最上級の官位のものだもの。……っていうことは）

「李将軍、失礼いたします！　藍皇貴妃をご覧になりませんでしたか!?」

不意に、駆《か》け寄《よ》ってきた兵士の呼びかけで、雛花は己の見立てが正しかったことを悟《さと》る。

（やっぱり李彗《すいひょう》さま！　……この人が？）

もっとも、深くを考える前に兵士がこちらを見たので、雛花はぎくりと身を引く。

「……あれ？　こちらのかたは」

「私の私的な知人ですよ」

いけしゃあしゃあとうそぶく李将軍——李彗驃は、意味ありげに口《くち》の端《は》を少し持ち上げてみせた。その仕草にいろいろと察するところがあったのか、まだ年若い兵は「た、大変失礼いたしました！」と顔を真っ赤に染めて回れ右してしまう。微笑《ほほえ》んだまま部下の背を見守る彗驃の顔を、被せられた袍の下から、雛花はまじまじと見つめた。

笑《え》みを浮《う》かべることをあらかじめ想定しているような、切れ長の眼《め》と薄い唇。練《ね》り絹《ぎぬ》の上衣は、淡青《たんせい》の地に薄墨色《うすずみいろ》の雲と海燕《うみつばめ》を染めた上から、銀糸で波濤《はとう》を刺繍《ししゅう》したもの。ひと目で上質な品と分かるのみならず、藍色《あいいろ》の帯や沓《くつ》の合わせ方といい見事な着こなしで、彼の美意識を伝えてくる。

（武功をいくつも立てられているってことだから、いかにも強面《こわもて》の、武人！　顔に傷！見た目イノシシむしろ熊《くま》！　みたいな感じを想像してたんだけど……これは予想外に、なんというか……きっと今も昔も相当おモテになられるんでしょうね羨《うらや》ましいわ、って風情《ふぜい》のかたね）

「ここは目立ちます。私の執務室《しつむしつ》でよろしければどうぞ」

ごく自然な流れで部屋にと導かれ、雛花は流されるまま頷《うなず》きながら、自分の読みが正しかったことを確信した。これは女性を誘《さそ》い慣れているな、と。

「むさ苦しいところで申し訳ございません。今、茶を用意しますので」

李《り》将軍の執務室《しつむしつ》は、武官たちの使用する棟《とう》の最上階にある。当然のこと雛花《すうか》は初めて訪《おとず》れるが、軍人らしい無骨《ぶこつ》さとはますますかけ離れていることに驚いた。

正面に大きな執務机があり、竹林の浮彫《うきぼり》がある長椅子《ながいす》には銀鼠《ぎんねず》の絹が張られ、調度品はみな落ち着いた色合いでまとめられている。皇宮の中に個人の執務室があるだけでも破格だが、その広さや趣味《しゅみ》の良さは、彼の権勢を物語っているかのようだ。

結果的に後宮から外廷への脱出は果たしたわけだが、今は達成感より戸惑いが強い。

「どうぞ」

青磁《せいじ》の茶器に花茶を満たして勧めてくる彗標《すいひょう》に、雛花は逡巡《しゅんじゅん》しつつも切り出した。

「どうして助けてくださったんですの？」

問いかけに、彼はにっこりと目を細めた。見れば見るほど若やいで甘《あま》く整った顔立ちとは裏腹に、朗《ほが》らかでありながら、重ねた年相応に落ち着いた空気。

普通なら頬《ほお》のひとつも染めるところかもしれないが、彼の背景と状況《じょうきょう》を考えると、逆に警戒心が強まる。じっとその顔を見上げて真意を探《さぐ》る雛花に、彗緤は肩を竦《すく》めてみせた。

「可憐《かれん》な女性がむくつけき野郎《やろう》どもに追いかけられて困っているのならば、黙って助けるのが世の男すべての務《つと》めですよ」

「……はぁ」

（すごい。ものすっごい自然に、歯の浮く台詞《せりふ》が出てきた。そして息をするように部下を貶《けな》した）

落ちかける顎《あご》を気力で戻しつつ、雛花は「そういうことじゃなくて」と額を押さえた。

「ええと、単刀直入《たんとうちょくにゅう》に申しますわね。主命《しゅめい》に背《そむ》いていいのか、……という意味でしたの」

彼は皇帝の第一の臣《しん》である。志紅は、雛花を皇貴妃《こうきひ》の部屋から出すなと厳命しているはずなのだ。有無《うむ》を言わさず連れ戻そうとするのが正しい反応だろう。

（……って、さすがに直截《ちょくせつ》すぎたかしら。素直に答えてはくれないかもしれないわね）

ちらりと疑った雛花だが、この問いに関して彗緤は、すっと笑みを引っ込めると、眉《まゆ》を少しひそめてこう返してきた。

「主命とあらば唯々諾々《いいだくだく》と従うだけが、忠義ではございませんので」

「え？」

「藍《らん》皇貴妃……いえ、雛花公主《こうしゅ》。貴女《あなた》様とは、一度お話ししてみたいと思っていたのですよ。公《おおやけ》には伏されておりますが……女媧娘々《じょかにゃんにゃん》を降ろされたというのは本当なのでしょう？」

その言葉に、雛花は軽く目を瞠《みは》り、思わず彗繧のそれを見つめる。薄青《うすあお》の虹彩《こうさい》が特徴的《とくちょうてき》な眼《まなこ》は笑みの形になってはいるが、奥《おく》に宿す光は氷めいた鋭《するど》さを感じさせた。

「……もしかしてあなたは、わたくしの味方になってくださるの？」

尋《たず》ねる雛花に、彗繧は、「それは、これからの話次第《しだい》です」と静かに口端《こうたん》を吊《つ》り上げた。

「では。公主は、陛下が新たな妃《きさき》を迎《むか》え入《い》れることはご存じですかな」

羽扇《うせん》を顎に当てて口許を隠しつつ、彗繧はぽいと話題を振ってきた。一瞬《いっしゅん》、言われたことが頭に入らず、雛花は首を傾《かし》げる。

「え？　いいえ」

(紅兄さまが、新しい妃を？　……そうなの？)

寝耳《ねみみ》に水《みず》だ。彼とは形式上毎日のように顔を合わせているが、そんなことまったくおくびにも出さなかったのに。

(たしかに、今の不自然すぎる後宮《こうきゅう》がそのまま続いていくとは、わたくしだって思っていなかったけれど……な、何よ。別に全然構わないじゃない、あの人が誰を何人娶《めと》ろうが、わたくしの知ったことではないわ)

ひそかにうろたえる雛花を、彗繧はじっと見つめている。視線を泳がせていた雛花は、それではっと我に返った。

（値踏《ねぶ》みされている、と思ったほうがいいのかしら）

答え方次第で、彼が今後、自分にとってどういう存在になるかが変わってくる。その気配を察し、自然と雛花も身構える。ただし、あくまで外見上は平静を装《よそお》ったままで。

「陛下はわたくしに、ほとんど何もお話ししてはくださいませんの。ひょっとしなくても、ええと、……陛下が娶られる予定なのは、まずは四妃《しひ》？」

「ご明察《めいさつ》です」

槐《かい》の後宮は、頂点となる皇后《こうごう》不在の折には、皇貴妃を筆頭に、四妃、九嬪《きゅうひん》、二十七世婦《にじゅうななせふ》という妃嬪《ひひん》が続き、女官《にょかん》である八十一御妻《はちじゅういちぎょさい》が揃《そろ》って完成となる。黒煉《こくれん》が急ごしらえした老女だらけの後宮にいまだ四妃はおらず、九嬪も数名欠けている状態で、そうした意味でもとてもまともな後宮とはいえない。

（あるべき姿になるだけだから、まあ、不思議ではないのだけど……）

「面子《メンツ》は、茗家《めいけ》、李家《りけ》、葵家《きけ》、桐家《とうけ》から一人ずつです」

「あら。それは、やはりというか……いずれも名だたる名門貴族ばかりですのね」

「後世に血を繋《つな》がねばならない陛下にとって、後宮とは本来、貴族の娘たちを迎え入れることで後ろ盾《うしろだて》を得る場でもありますからね。新帝《しんてい》がご即位《そくい》されたのだから、迅速《じんそく》に後宮を整えるのは至極《しごく》当然の流れ……」

ここで彗縹は茶で唇を潤《うるお》すと、いったん言葉を切った。

「――と、いうことになっております。表向きは」

「表向き……？」

名家のご令嬢《れいじょう》を娶ることに、表も裏もないのでは？　と胸のもやもやはひとまず置いて訝《いぶか》しむ雛花に、彗諦は「ところで」と話題を変えた。

「先日の、渾沌《こんとん》の魔《ま》……四凶《しきょう》【饕餮《とうてつ》】の事件については、公主のほうがお詳《くわ》しいでしょうね」

「？　はい。わたくしもその場におりましたから。それが何か……？」

渾沌の魔とは、神々の創《つく》った森羅万象《しんらばんしょう》――すなわち韻容五彩《いんようごさい》の理《ことわり》からこぼれ落ちてしまったものたちのことだ。

渾沌に住まう彼らは、醜《みにく》いばけものの姿を取り、桃華源《とうかげん》を壊《こわ》しに来る性《さが》がある。あるいは凶悪《きょうあく》な爪牙《そうが》で、あるいは天変地異《てんぺんちい》を起こして、世を混乱に陥《おとしい》れる渾沌の魔の中でも極《きわ》めて獰猛《どうもう》で危険な存在が、『四凶』と呼ばれる四種だ。

先般《せんぱん》、この禁城《きんじょう》は、そのうちの【饕餮】の襲撃《しゅうげき》を受けたばかり。たった一頭でも手に負えず、実際に討伐《とうばつ》に携《たずさ》わった雛花も、かなりの苦戦を強《し》いられたのは記憶《きおく》に新しい。

唐突《とうとつ》な話題に首を傾げる雛花の前で、彗諦は眉間《みけん》を揉《も》んだ。

「実は、またしても四凶の一【窮奇《きゅうき》】が現れました。おまけに、四妃候補のいずれかに化けて桃華源に潜伏《せんぷく》しております」

「！　なんですって……どういうこと!?」

予想外の言葉に、雛花は思わず瞠目《どうもく》した。

崑崙《こんろん》の智獣《ちじゅう》、白澤《はくたく》が伝えたとされる、渾沌の魔の目録『白澤図《はくたくず》』によれば、そのけだものは、鷲《わし》の翼《つばさ》を持つ巨大《きょだい》な虎《とら》だという。

何より、——窮奇の害は独特だ。

渾沌の闇《やみ》から韻容五彩の理に介入《かいにゅう》し、自分と〝存在を反転させて〟入《い》れ替《か》わる。

つまり、桃華源にいる誰かを選んで渾沌に引きずり込み、何食わぬ顔で、相手に化けて成り代わることができるのだと。

「春燕城市《しゅんえんじょうし》に現れたところを押さえて、一度は追い詰めたはずなのです。しかし、あと少しのところで討《う》ちのがし、逃げ込まれた先が、四人の姫君たちが偶然《ぐうぜん》にも一堂に会している場で……」

「偶然にも？」

「ええ。彼女らの母親同士が懇意《こんい》にしておりましてね。当世風に言うなら『媽媽《ママ》友《とも》お食事会』？　というものでしょうか。いえ、私も詳《くわ》しくはないのですが」

（いや、違《ちが》うでしょうそれは。でも、妙齢《みょうれい》のご令嬢とそのお母ぎみが勢揃いって、本当どういう会だったのかしら）

たとえば雛花自身、志紅とは母親同士の繋がりで仲良くなった口ではあるが、それでも彗縹の言葉選びには思わず心中で突っ込んだ。しかし、そんな場合ではない。

「それは……いったい、どなたが？　そのかたは、今どうなったのです」

「分からないのです。翼で突風を起こされ、目くらましをされた隙《すき》を突《つ》かれて……四人の姫のいずれかは、渾沌に囚《とら》われてしまいました。けれど、どの姫が窮奇に取って代わられたのか、とんと見当がつかないのです」

「怪《あや》しいところがないか、彼女たちと話をしてみても駄目《だめ》なんですの？」

「窮奇は、入れ替わった者の過去を……つまり、記憶や性格、細かい癖《くせ》なども、すべてそっくり写し取りますから。普通に接するだけではどうにも……」

身を乗り出す雛花に、彗縹は力なく首を振る。そんな、と雛花は絶句《ぜっく》した。

（なんてこと。……早く窮奇を倒《たお》さなければ、入れ替わられてしまった姫君の命がいつまで持つのか分からないわ。おまけに、窮奇の性質が厄介《やっかい》ね）

――もし違う者を窮奇だと誤って断じてしまえば、糾弾者《きゅうだんしゃ》を含めて周辺にいる人間を根こそぎ渾沌《こんとん》に引きずり込んで即座《そくざ》に喰い殺すことができる。そして、間違《まち》えたが最後、『つまり本物は無用なのだな』と、渾沌にいる姫君は永遠に失われてしまう。

（……退治する以前に、見つけることすら一度でもしくじれば、絶対に犠牲者《ぎせいしゃ》が出る。嫌なばけものだわ）

また、窮奇は、四凶の中で最も狡猾《こうかつ》なけだものといわれる。人間と同じく優《すぐ》れた知能を持ち、確固《かっこ》たる目的を持って襲《おそ》ってくるのだ。

（どうして、こんなに立て続けに。四凶なんて超大物、そうそう韻容五彩の布目を通り抜けられないはずなのに！　前代未聞《ぜんだいみもん》すぎる）

唇を噛《か》んだ雛花だが、先ほどの彗縹の「表向きは」という言葉を思い出してはっとした。

――四凶に対抗するには、並の令牌術士《れいはいじゅつし》や軍人では難しい。それこそ、皇帝や天后《てんこう》でなければ。

「……ひょっとして、四妃を迎え入れるというのは口実で。実際の事情は、四凶の討伐《とうばつ》のために、姫君たちを陛下の膝下《ひざもと》に呼び寄せる、ということ？」

「お察しのとおりです」

彗縹はあっさりと頷いた。

（そうなの）

では、志紅自身が、好きこのんで四人もの妃を娶るわけではないのか。ほっと胸を撫《な》で下《お》ろした雛花だが、「いや、だから！」と頭《かぶり》を振る。

（あの人がどういう事情で新しい妃を迎えようがわたくしには関係ないってば、もう！）

さらに彗縹は、こんなことを教えてくれた。

「実はこの一件は、陛下のお心遣《こころづか》いで公《おおやけ》には伏せられているのです」

「え？」

（紅兄さまの？）

どういう意味だろう。首を傾げる雛花に、彼は続ける。

「噂《うわさ》には尾《お》ひれがつきもの。ばけものに囚われた姫などという外聞《がいぶん》は、彼女らの将来に響《ひび》く。それならまだ、妃にするためと公表したほうが自然に陛下のおそばに置けます。もろもろ片付いて、もし後宮を辞《じ》すことになっても、お手付き前ならばなんとでも説明がつきますし」

「そうなの……。紅兄さま、……いいえ、陛下がそんなことを」

（なんだ、やっぱり優しいんじゃないの、あの人。部下に人望あるのも納得……するわけないでしょ!? さっきからなんなのわたくし!? 頭が沸《わ》いてるの!? 春だから!?）

密《ひそ》かな葛藤《かっとう》を必死に追い払う雛花に、彗縹は頭を下げた。

「窮奇を野放しにしていれば、取って代わられた姫君はもちろん、皇宮にも市井《しせい》の民《たみ》にもどういう害が及ぶか……。そこで恐《おそ》れながら、貴女様に是非《ぜひ》ともご協力をいただきたいのです。姫君の救出と、窮奇の討伐のために」

「！」

「陛下がおっしゃるには、……窮奇の狙いはおそらく、新たな天后。貴女様なのだそうです」

「えっ、……わたくし？」

首を傾げる雛花に、彗鏢は首肯《しゅこう》する。

「はい。おそれながら、貴女様が女媧を召喚しながらいまだ天后となられていないことを、渾沌の魔たちが嗅《か》ぎつけたようでして……。今のうちに喰い殺しておけば、桃華源《とうかげん》を守る邪魔な支柱は皇帝だけになる……と襲来《しゅうらい》しているようなのです。ですから、その……」

言葉を濁《にご》す彗鏢に、「なるほど」と雛花はあっさり頷《うなず》いた。

「窮奇の狙いがわたくしなら、囮《おとり》にすれば動きを摑みやすいですもの。ご慧眼《けいがん》だわ」

「申し訳ございません。皇貴妃であられるかたに、危険を承知でこのように僭越《せんえつ》なお願いを」

普通に称賛《しょうさん》のつもりだったのだが、どうやら皮肉だと受けとめられたらしい。他意はなかったので、雛花は慌てて手を振る。

「いいえ、当然の帰結《きけつ》ですし、もっと早くにご依頼いただいていてもよかったと思うのだけれど……こんな風にこっそりお話をしないといけない理由って、ひょっとしなくても」

案の定、彗鏢はためらいつつも歯切れ悪く答えた。

「陛下には、公主にご協力をいただくべきではと再三《さいさん》進言いたしましたが、貴女様を危険な目には遭わせられないと渋《しぶ》ってらして……」

（……やっぱり）

なんとなく予想していた言葉に、雛花は反応に困って視線をうろつかせた。ついでにひとつ、思い当たるふしがある。

（ひょっとして、わたくしに無理やり引っ越しを勧めてきたのって）

ばけもの入りの四妃を迎える代わりに、雛花のほうを後宮から遠ざけて、安全を確保しようとしたのかもしれない。

志紅は、雛花を守ろうとはしてくれている。

（その気持ちは、少し前までのわたくしなら、嬉《うれ》しかったかもしれない……でも）

自分はもう、天后として果たしたい目的も、夢も見つけてしまった。彼の望むとおり、守られるだけの女の子になどなれない。

雛花は目を伏せ、幼馴染《おさななじみ》の柘榴色《ざくろいろ》の双眸《そうぼう》を想《おも》い浮《う》かべた。そして、そのまなざしごと振り切るように、彗縹と視線を合わせる。

「そういうことなら、もちろん喜んでご協力いたしますわ」

きっぱりと断言した雛花に、彗縹は「それを聞いて安心いたしました！」と手を打った。

「実は、李家から出す姫君は、私の姪《めい》で……公私混同甚《はなは》だしいですが、生きた心地《ここち》がしなかったのです。雛花公主にご協力いただけるなら、これほど頼もしいこともありますまい」

「そう、なんですの？」

後半の世辞《せじ》はさておき、前半は純粋《じゅんすい》に驚いて、雛花は息を呑んだ。

(姪御《めいご》さまが……)

それはさぞ、気が気ではないことだろう。たしかに、こうして志紅の目を盗《ぬす》んで、窮奇に対抗できる雛花に接触《せっしょく》をしてくるのも頷ける。

(そう、そのとおりなんだけど……何かしら。彗縹さま、まだ何か隠していそうというか、ちょっと胡散臭《うさんくさ》く感じてしまうというか……？　いえ、根拠《こんきょ》も何もない勘《かん》なのだけど)

一人納得しつつも首を傾げる雛花に、目を輝《かがや》かせた彗縹はなおも続けた。

「きっとお引き受けいただけると信じておりました。なぜなら、もし貴女様が正しく天后とおなりであれば、これは間違いなく、初めての任務となったことでしょうから」

「！」

――初任務。

(天后として、わたくしの初めての……)

その言葉で、雛花はふと我《われ》に返る。

(彼がわたくしにとって信じられる人かどうかは、後から考えたっていい。最優先にすべきは、窮奇を退治して四妃を救うこと。そのためには、この手を取らない選択《せんたく》はないわ)

「窮奇はわたくしが必ず倒します。この槐帝国のために」

身の引きしまる思いに、雛花は膝《ひざ》の上で両拳《りょうこぶし》を握ると、「わたくしに大切なお話をしてくださり、ありがとうございます」と改めて彗縹に頭を下げた。

結局あれから、彗標《すいひょう》といくつかの約束を取りつけることができた雛花は、自室におとなしく戻ることになった。

そして、翌朝。

「昨日はわざわざ後宮を抜け出してまでどこに行っていたの？　小花《しょうか》」

金銀で天蓋《てんがい》を飾る寝台《しんだい》に下がるのは、翡翠色《ひすいいろ》の薄絹《うすぎぬ》のとばり。真紅《しんく》で彩《いろど》られた壁《かべ》や柱は、いずれも銘木《めいぼく》の金絲楠木《きんしなんぼく》や花梨《かりん》を材とする。

現状不在の皇后を除き、後宮《こうきゅう》の中で唯一《ゆいいつ》〝翠帳紅閨《すいちょうこうけい》〟を特徴とする豪奢《ごうしゃ》な皇貴妃《こうきひ》の室《へや》で朝食をとっていた雛花《すうか》は、正面に座す人物から唐突《とうとつ》に問われて箸《はし》を動かす手を止めた。

この室に立ち寄って、かつ自分と食事をともにできる身分の人間など、桃華源《とうかげん》広しといえども一人しかいない。

「そんなのどうだっていいでしょう。あなたには関係ございませんことよ、志紅《しこう》」

視線を上げた先にある、志紅の美しい白皙《はくせき》の顔を、雛花はきつく睨《にら》みつけた。

しかし、鮮《あざ》やかな緋色《ひいろ》の瞳《ひとみ》は揺《ゆ》らぎもしない。うっ、と雛花は気圧《けお》された。

私的な場ではさすがに皇帝の証《あかし》である五爪《ごそう》の龍袍《りゅうほう》や前後二十四旒《りゅう》の冕冠《べんかん》こそ身に着けていないものの、略装でも上質な着物に身を包んだその姿は、思わず見惚《みと》れるほど絵になるのだ。彼が首を傾《かし》げると、赤を帯びたその黒髪がさらりと頬《ほお》にかかる。

「どうでもよくはないかな。きみの足、……鎖《くさり》をつけるなんて甘いことを言わずに、いっそ腱《けん》を断《た》っておくべきだったたと思ったから」

志紅の唇は緩やかな弧を描くが、一瞬そのまなざしが帯びた冷気に、雛花はぎくりとする。「冗談だよ」と彼はすぐに表情を和らげたものの、絶対に冗談という眼ではなかった。

「それと、職人を空手《からて》で帰らせてしまった。春燕《しゅんえん》城下《じょうか》で人気の匠《たくみ》らしいから、次に呼べるまで少し時間がかかりそうだ」

緊張が解けて胸を撫で下ろしつつも、その台詞《せりふ》に雛花は半眼《はんがん》になった。

「あらそう。それは重畳《ちょうじょう》。わたくし、足に鎖をつけられずにすんだのね」

「仕方がないから既製品《きせいひん》をいくつか買っておいたよ」

「既製品あるの⁉」

「いや、買ったのは普通に軟玉《なんぎょく》の耳飾《みみかざ》り。後で渡《わた》すから楽しみにしておいて」

くすくすと楽しげに肩を揺らす彼に、雛花はどっと脱力《だつりょく》する。

（笑い方も仕草も、豹変《ひょうへん》する前と一緒なんだもの。調子が狂《くる》うわ……）

装身具《そうしんぐ》については「いりませんわよ」と一蹴《いっしゅう》しつつ、雛花は粥《かゆ》を匙《さじ》で口に運んだ。湯気を立てる粥は、鶏肉《とりにく》や茸《きのこ》がたっぷり入っていてとても美味《おい》しい。ここに閉じ込められたばかりの頃《ころ》は、何を食べても砂を噛《か》むように味気なかったのに、最近少しは食欲らしきものが戻ってきたのはありがたいことだ。

（腹が減ってはなんとやらだわ。食べないと後宮《こうきゅう》脱出できないものね！）

器《うつわ》に香草や油条《あぶらあげ》も追加して黙々《もくもく》と食事を続ける雛花を、柔《やわ》らかく笑んで見つめた後、志紅は「ああ、そうだ」と手を打つ。

「李《り》将軍とどんな話をしていたの？」

「……なんだ。わたくしが脱《ぬ》け出《だ》して何をしていたのか、ご存じなんじゃありませんの。人が悪いわ」

「会っていたってことだけは、本人から直接聞いたからね。夫の俺に内緒《ないしょ》で別の男のもとを訪ねるなんて、感心しないな」

「誰が誰の夫ですって？」

これが簒奪《さんだつ》の前であれば、彼の正妻になれるなんて夢のようなことだっただろうに。

憎《にく》まれ口《ぐち》を叩きながら少し切ない心地になる雛花は、感傷《かんしょう》を振《ふ》り払《はら》うと、「勝手に皇貴妃だと思っているのは、この禁城《きんじょう》にあなただけでしてよ」と念を押した。

（いけないい。今日は、こんな不毛なやりとりで会話を終わらせるわけにはいかないのよ）

雛花はことりと匙を置くと、まっすぐに志紅を見つめた。

「志紅。四凶《しきょう》の話ならばすでに存じ上げておりましてよ。何が引っ越しで、ぶらり小旅行ですって。わたくし、ここを動く気はさらさらございませんからね」

雛花は頷くと、じっと志紅の様子を窺《うかが》う。

「……ああ、李将軍から全部聞いたんだ？　きみの口から後宮に残りたいなんて言葉が聞けるとは思っていなかったな」

「勘違いなさらないで。わたくしがここに残るのは、あくまで天后として、四凶討伐《とうばつ》のためだけですからね。彗標さまにもご協力いただけることになっておりますの。邪魔しようとしても無駄よ」

だから窮奇《きゅうき》討伐には積極的に関わらせてもらうと、きっぱり宣言する雛花に、志紅はしばらく黙っていた。

「天后《てんこう》として？　女媧《じょか》の力も使えないきみに、何ができるのかな」

「っ！」

相変わらず容赦《ようしゃ》なく痛いところを突いてくる志紅に、雛花は頬に朱《しゅ》を走らせる。

「あれは……ちょ、ちょっと調子が悪かっただけよ。第一、窮奇の狙いはわたくしなのでしょう？　囮《おとり》になるだけでも、十分に有用だと思いますけれど」

「それがどんなに危険なことか、本当に分かっている？」

「覚悟の上です」

こっくり頷く雛花に、志紅はわずかに気色《けしき》ばんだ様子で「きみはそういうところ、昔から本当に……」と何か言いかけたが、結局は途中で口をつぐんだ。

「……意志は固そうだね」

彼は不意に姿勢を正し、顔を覗《のぞ》き込んできた。

「小花。信じてもらえるかは分からないけど、俺はきみを危険に曝《さら》したくない」

「……」

「それに、もう気づいていると思うけれど、きみを天后にしたくもない。饕餮《とうてつ》の時は仕方なかったとしても……できればもう、二度と力を使わせたくないくらいだ」

途中《とちゅう》までは黙って聞いていた雛花だが、「そうね」と同意を返す。

「あなたが、何がなんでもわたくしを天后にしたくないとお思いなのには気づいていますわ。でも、理由は話してくださらないんでしょう？」

「話せない。……それだけは絶対に」

言い聞かせるような声。紅玉《こうぎょく》のまなざしが含んでいるのは真摯《しんし》な色だ。

「それでも。きみを守りたいのは、決して嘘じゃない。俺の言葉は信じられない？」

（守る、……ね）

簒奪の晩から、無理やり妻にさせられ、後宮に閉じ込められて、心をへし折るような言動にたくさん曝された。天后になるのを諦《あきら》めるようにと幾度《いくど》も繰《く》り返《かえ》す彼は、何かに取《と》り憑《つ》かれているのではないかと疑ったほど。

けれど、饕餮に襲われた時。そして、その後に二人で話した時。

――雛花を安全な場所に置いておきたい。どうにかして、危険から遠ざけたい。簒奪の本意はどうあれ、少なくとも、彼がそう思ってくれていることに間違いはないと、雛花も感じている。

「別に……あなたが嘘をついているとは、思っていませんわ」

言葉を選びながら、雛花は志紅のまなざしを受けとめた。

「けれどわたくしは、自分の道は自分で選びます」

「そう」

残念だよ、と。声を沈ませる志紅に、雛花は何も言えず俯いた。

（曲がりなりにも守ろうとしてくれているのなら。紅兄さまと、――わたくしはどう向きあっていくべきなのかしら）

匙の上の油条は、いつの間にかすっかりふやけてしまっていた。

2　四人の妃

皇帝《こうてい》の私的空間に当たる晴乾宮《せいけんきゅう》、中でも最上部にある一室は、槐帝国《かいていこく》を統《す》べる者の臥室《ふしど》であり、巨大《きょだい》で壮麗《そうれい》な宮の中でもとりわけ広い。外廷《がいてい》での執務《しつむ》を終え、志紅《しこう》がこの部屋に帰り着いた時には、月はすでに中天を回っていた。

（今日も遅《おそ》くなった。小花《しょうか》の顔を見ておきたかったが、この時間じゃ論外だな）

戸口で拱手《きょうしゅ》の礼を取る衛兵を短くねぎらって、薄暗《うすぐら》い室内に入る。扉《とびら》が背後で閉まった途端《とたん》、ため息がこぼれた。ここ数日、ろくに寝《ね》ていないせいかもしれない。

武官《ぶかん》上がりの志紅にとって、書類仕事や朝議《ちょうぎ》、会食ばかりの日々は気疲《きづか》れして仕方ない。重い龍袍《りゅうほう》や冕冠《べんかん》をはぎ取るように脱《ぬ》ぎ去った拍子《ひょうし》に、肩《かた》が軋《きし》む。筆や玉璽《ぎょくじ》よりよほど重い剣《けん》や弓を扱《あつか》っていた頃《ころ》はこんなこともなかったのに、と彼は静かに自嘲《じちょう》した。

（正直、向いていていない。……知ってる）

お前は副官としてこの上なく優秀《ゆうしゅう》だな、というのは、主君《しゅくん》であり親友だった男の言《げん》だ。

あるじの意図を誰より正確に読み取り先んじて動き、下の者には隅々《すみずみ》まで気を配り信頼《しんらい》を得ている、と。

裏を返せば、上意下達《じょういかたつ》の駒《こま》として秀《ひい》でているのであって、長官向きではないという意味にもなる。もっとも、親友の言葉そのものは純粋《じゅんすい》な評価であって、そうした含《ふく》みはないのだろうが、志紅はそんな自分の気質を嫌《いや》でも理解していた。それがいまや、一足飛びに国の頂点に立って国政を動かしているときた。お笑い草だ。

しかし、今の脱力感《だつりょくかん》の一番の要因は、皇帝としての重圧とは別にある。

(窮奇《きゅうき》の退治に小花が関わることになるなんて……いっそ、四妃《しひ》になる予定の姫君たちを全員、秘密裏《ひみつり》に葬《ほうむ》ってしまいたいほどだが)

薄暗い方向に傾《かたむ》きかける心を、無理やり水際《みずぎわ》でせき止める。そうしなければ、この後に続けて考えることは決まっていた。

(むしろ……黒煉《こくれん》のように、小花の時間を止めてしまうことが、できれば……)

幾度《いくど》となくかすめた、己《おのれ》の抱《かか》える暗鬱《あんうつ》の囁《ささや》き。

それができない理由はふたつある。

ひとつは、彼女が一刻も早く女媧《じょか》に乗っ取られることを、伏羲《ふっき》が望んでいるため。愛妹《あいまい》である女媧を強く求めているあの男神《おがみ》にとって、器《うつわ》である雛花《すうか》の消滅《しょうめつ》はむしろ願ったり叶《かな》ったりなのだ。よみがえりの禁術を扱える者は、伏羲をおいて他にいない。

そしてもうひとつは、――むしろ、志紅の問題だ。

黒煉の心臓に剣を突き立てることは、理性で感情を御《ぎょ》すればどうにかなった。

だが、雛花を殺すことだけは。

いかに彼女の心を傷つけ、そのために憎悪《ぞうお》を向けられ、幼い頃から築き上げた大切な関係をずたずたに引《ひ》き裂《さ》こうとも。

あの孔雀緑《くじゃくみどり》の虹彩《こうさい》がうつろな玻璃玉《ガラスだま》となり、白い身体《からだ》が血に染まり、もの言わぬ骸《むくろ》に変わり果てた姿を想像するだけで、頭がどうにかなってしまいそうになる。

一度、――目の前で失いかけたことがあるから、余計に。炎《ほのお》の壁《かべ》に囲まれて倒《たお》れ伏《ふ》す少女の姿は、いまだに脳裏《のうり》に甦《よみがえ》っては志紅を苦しめる。

(何度も何度も迷って、考えて、悟《さと》った。仮初《かりそ》めでも命を奪《うば》うなど……それだけは、どうしても無理だ。俺が……自分の心を壊《こわ》してしまわない限りは)

焦《あせ》りと苛立《いらだ》ちで、いびつに唇《くちびる》が歪《ゆが》む。――思考の沼《ぬま》に沈《しず》みかけていた、その時。

『あー、お前。また変な笑い方してんな』

続き間の奥《おく》から、呆《あき》れたような声が響《ひび》き、志紅は顔を上げた。

綾織《あやおり》の緞帳《どんちょう》を取りのければ、螺鈿細工《らでんざいく》の見事な紫檀《したん》の卓子《たくし》があり、その上に銀の鳥かごが鎮座《ちんざ》している。格子《こうし》の中では、珍《めずら》しい漆黒《しっこく》の翼《つばさ》を持つ鷹《たか》が一羽、止まり木に爪《つめ》を預け、くりくりした黄金のまなざしをこちらに向けていた。

志紅はそちらに歩み寄ると、丁寧《ていねい》に膝《ひざ》を折って臣下の礼を取る。

「起きておいででしたか」

『うん。暇《ひま》だったし。あ、礼とか堅苦《かたくる》しいのいいぜ。オレ今死んでるんだからさ』

手を振ろうとしたのだろうが、残念ながら彼のそれは翼なので、ばさっと大げさな動作になってしまう。銀の格子に羽をぶつけたのか、鷹は面倒《めんどう》そうにゆさゆさと身を揺《ゆ》らした。

「ご不便をおかけして申し訳ございません。黒煉陛下《こくれんへいか》」

鷹の様子に眉根《まゆね》を寄せ、志紅はいささか沈んだ声で謝罪した。だが、『いまさらだな！』と明るくばっさり切り捨てられる。

――先帝《せんてい》、槐《かい》黒煉。他でもない、志紅が己で弑逆《しいぎゃく》した皇帝は、その身体から三魂《さんこん》を抜《ぬ》かれ、こうして仮初《かりそ》めの身体として鷹に宿ることで命を繋《つな》いでいる。

不便などという軽い表現ですませられるわけがない事態に、志紅は己の失言を恥《は》じた。

「……返す言葉もございません」

『あ、勘違《かんちが》いすんなよ？　別に責めてねーしさ。っていうか、むしろ巻《ま》き込《こ》んだのはオレのほうだよな』

恐縮《きょうしゅく》する志紅に、あっけらかんと黒煉は翼を振った。その拍子に、また格子にぶつけて舌打ちしている。『これ、出たいんだけど』と情けない呻《うめ》きを上げる黒煉の要求を、志紅は驚《おどろ》きのあまり思わず黙殺《もくさつ》してしまった。

「まさか。陛下……覚えて、おられるのですか？」

簒奪《さんだつ》の背景には、誰《だれ》にも言えない事情があった。

槐宗室《そうしつ》が抱える秘密。

それは、――代々の皇帝と天后《てんこう》は、実は中身が全て同じ人物であること。

人物、というと語弊《ごへい》がある。

伏義や女媧の力を得た時から、その人間は、自我《じが》を神々に侵蝕《しんしょく》され、いずれ魂《たましい》と精神をそっくりくり抜かれてくぐつにされてしまう。資格を得た瞬間に始まり、内側からじわじわと、数年かけて喰《く》い殺されていくのだ。

宗室の秘密に気づいた者は、いずれも神々によって死を賜《たまわ》っている。志紅の父、志青《しせい》もその一人である。そして、――この黒煉も。

『当たり前だ。オレがお前に、宗室の秘密を話さなければ、こんな騒ぎにはならなかっただろ。オレ一人が死ぬだけで、お前が汚《よご》れ役《やく》を買って出る必要もなかった』

簒奪を計画する前。志紅を呼んだ黒煉は、宗室の秘密と、皇帝や天后の力に隠《かく》されたそれらのからくりを、自分の探り出した限り洗いざらいぶちまけた。

あげく、なりゆきを面白《おもしろ》がった伏義から志紅が、「黒煉や雛花を救いたければ、秘密を知ったお前が黒煉の身代わりとなって帝位《ていい》を得、我々を身体から追い出す手段を見つけてみせろ」と賭《か》けを持ちかけられた結果が、現状だ。

「ですが陛下は、俺にお話しになったことを、忘れておいでのご様子でした」

『うーん、なんだろな。自分の身体から魂が離れたせいかな。全部思い出したんだ』

「左様《さよう》、でしたか。それは……」

乾《かわ》いた咽喉《のど》に声が張りつき、志紅はそれ以上続けることができなかった。そんな様子に、黒煉は苦笑《くしょう》したようだ。

『ありがとな、志紅』

「な、にを……」

『原因作ったオレがこんなこと言えた義理じゃねえのは百も承知だけど。根っから悪人でもねえくせに、目的のために無理やり悪ぶんのはしんどいぞ。あんまり悩《なや》みすぎて深みにはまってくなよ。お前さ、冷静そうに見えて実は直情型だったり、複雑そうに見えて単純馬鹿《ばか》だったり、それどころかド天然のイノシシ野郎《やろう》だったりするのは知ってるし』

「直情型の単純馬鹿でド天然イノシシ野郎、……ですか」

ものすごく不本意な三つ組の札を貼《は》られた。いろいろ思うところがあるが何も言い返せない志紅に、黒煉はなおもつらつらと続ける。

『あと暗《くれ》ぇ！　どうしようもねえ根暗野郎だ！　だいたいお前、昔っから雛花に過保護だけど、あいつに悪さする連中への仕返しがびっくりするぐらい陰湿《いんしつ》でドン引きの連続だったぞ。おまけにちょっと愉《たの》しそうだったし。今回の簒奪もやりかたが怖《こえ》ぇよ、オレ一発で串刺《くしざ》しだよ。殺《や》る前にちょっとはためらえよ』

「いえ、制裁を愉快《ゆかい》だと感じたことはありませんし、簒奪の件は、陛下を相手にためらっていたら返《かえ》り討《う》ちに遭《あ》う上に、目測誤って妙《みょう》なところを斬《き》れば無駄《むだ》に苦しませるだけかと」

『それでサクッと実行できるのが怖ぇっつってんのオレは！　本当、お前ときたら、いっつもずんずん勝手に後ろ向きに突き進んで、その結果を全部てめぇで引き受けて、しんどくて重くて仕方ないのに、でもボクは平気なんですー、みたいな涼《すず》しい顔を常時取り繕《つくろ》ってるのが気に食わねえんだよ！　……だから、ごめんな』

しくしくと胃を苛《さいな》んでくれる罵《ば》詈《り》雑言《ぞうごん》大会になるかと思いきや、最後に少しだけ言葉を切って。

かごの中からじっとこちらを見上げ、ぽつりと付け足した黒煉に、志紅は顔を歪《ゆが》めた。

「な……」

続きは声にならない。

何を謝ることがある。なぜ、いたわることができるのだ。

どんな理由があれ、志紅は黒煉を裏切り、下賜《かし》された宝剣《ほうけん》〝緋霄《ひしょう》〟で彼を串刺しにして殺した。それはなんの言い訳もしようがなく、厳然《げんぜん》たるただの事実だ。

「謝罪などいりません。陛下はむしろお怒《いか》りになるべきです。御身《おんみ》に三魂をお戻し差し上げた後の処罰《しょばつ》は、如何《いか》ようにも」

かろうじて硬《かた》い声で突《つ》き放《はな》し、目を逸《そ》らす志紅に、『もう陛下じゃねーし。鷹だし鳥だし、主食生肉だし』と黒煉はけろりと論点を変えた。

『仮初めだろうが今の陛下はお前だろ。オレ、死人なんだけど。荊家《けいけ》じゃ、皇帝をさしおいて鳥を敬《うやま》ってかしずけって教わったのか？』

「いや、ですから陛下……」

『あっそ、じゃあいいよ陛下から勅命《ちょくめい》ってことでも。黒煉って呼べよ、昔みたいにさ』

あっけらかんと要求する黒煉に、志紅は一瞬《いっしゅん》、絶句した。

「……意味が分かりません」

やっとそれだけ返した志紅に、ふんっと白い羽毛《うもう》の生えた胸を反らし、黒煉は宣言した。

『オレ殺され損《ぞん》じゃん、このままじゃ』

「は？」

『どうせそのうち、伏羲真君《ふっきしんくん》に記憶《きおく》も心も全部消されるんだ。今ぐらい、いいだろ。昔みたいに、ただの黒煉と志紅で。許せよな』

「陛、……」

どうして。

万感《ばんかん》が胸に去来《きょらい》し、しばらく志紅は、呆然《ぼうぜん》と言葉を失っていたが。やがて我《われ》に返り、きっぱりと首を横に振る。

「俺は、……黙《だま》ってあなたを伏羲真君に捧げるつもりは毛頭《もうとう》ありません。必ず、お救い申し上げる。だから、これからも変わらず、俺はあなたの一臣下です」

『お前っ、ホンット強情《ごうじょう》だな!?』

「自覚はあります。……ですから、今だけだ」

最後の言い訳は、自身に対して。志紅はくしゃりと泣き笑いの表情になり、銀の格子《こうし》にこつりと額をぶつけた。

「……きみは俺に甘《あま》すぎるよ、黒煉」

うつむけた顔を赤みがかった黒髪《くろかみ》に隠すようにすると、黒煉は心配そうにかつかつと周辺の格子をつついてくれた。

主君であり親友である青年と、幼馴染《おさななじみ》の片恋《かたこい》相手の少女。

彼らに裏切りに次ぐ裏切りを働き、想《おも》いと真逆に動かなければならず。無理やりたわめ続け、疲弊《ひへい》しきった心が、少しだけほぐれ、癒《い》えた心地《ここち》がする。

『さっきも言ったけど。お前、あんま考えるの向いてないくせに、なんでもすぐよくないほうに取って突き進むの、ダメなとこだからな?』

「知ってる。でも、どうしようもないんだ」

苦い気持ちを吐露《とろ》すると、少しだけ気持ちが楽になる。

（黒煉を、……小花を守るためなら、俺はなんだって、……）

幼い頃から親しんできた、己にとって心の支えだった、大切な二人。

ことに雛花は志紅にとって、かつて身を挺《てい》して命を救ってくれた恩人。否《いな》、それだけではない。心のすべてを傾《かたむ》け尽《つ》くして守ってきた、かけがえのない掌中《しょうちゅう》の珠《たま》。

――〝紅兄《こうにい》さまのせいなんかじゃないわ。わたくしが自分で選んだことを、紅兄さまが気に病《や》む必要などなくてよ。それよりも、助けてくださってありがとうございます〟

かつて宮に放火されて死にかけた時、処刑《しょけい》から己を庇《かば》ったことが兄姉《きょうだい》たちの嫌がらせを助長したのだと自責《じせき》に駆られる志紅に、雛花は軽やかに笑ったものだ。少し、不安になるほど恬淡《てんたん》と。

（きみを、女媧娘々《じょかにゃんにゃん》のくぐつになどさせない）

雛花の力はまだ覚醒《かくせい》しきっていない。それは先日、女媧の力を顕現《けんげん》させようとして失敗した彼女を見て確信したこと。

きっと女神《めがみ》は今、蟬《せみ》の幼虫のようなものなのだろう。天后候補の身体の中でぬくぬくと眠《ねむ》りながら時を待ち、いずれ宿主《しゅくしゅ》の背を割って這《は》い出《で》てくる。雛花が魂を貪《むさぼ》り尽《つ》くされた空蟬《うつせみ》となる前に、なんとしても食い止めなければ。

（さすがにやりすぎかもしれないと思い直していたけど、やっぱり、足枷《あしかせ》が必要かな）

ほの暗い方向に行きかける思考を察したように、『言ったそばからなんかヤバい眼《め》してるし……』と呆れたように黒煉がたしなめた。

『あと、庇ってやらないと何もできないと思ってるんだったら、お前、雛花を見くびりすぎだぞ』

「それも、……分かってるつもり、なんだけど」

『本当か？　怪《あや》しいぜ。は一あ、うちの異母妹《いもうと》、めんどくせえ奴《やつ》に懐《なつ》かれたもんだよな』

「面倒くさいって、黒煉。きみね」

顔をしかめる志紅に、黒煉は『事実だろ』と大仰《おおぎょう》にため息をついてみせた。

「それじゃ、……面倒くさいついでにひとつ質問、いいかな」

『ん？　なんだよ』

かごに額を預けたまま、格子の一本に指先を滑《すべ》らせ、志紅はぼそりと呟《つぶや》いた。

「黒煉。きみの、後宮《こうきゅう》。——本当に、ただ口うるさい重臣《じゅうしん》たちへのあてつけのつもりだった？」

『……それは』

「集められた彼女たち。ただのご老人じゃ、ないんだろう？」

演技は素晴《すば》らしく上手《うま》かったから、俺もしばらく騙《だま》されていたけれど。

薄《うす》い唇にうっすらと笑《え》みを刷《は》く志紅に、黒煉はしばらく黙り込んでいたが、やがて諦《あきら》めたようにくるりと首を回した。

『だからお前はヤなんだよ。抜《ぬ》け目《め》なくて、端々《はしばし》にまで気がつきすぎる』

その言葉が何より答えを雄弁《ゆうべん》に語る。「そうかな」と感情の籠《こも》らない声で志紅は返した。

「小花の動向が気になってね。彼女は洞察力《どうさつりょく》に優《すぐ》れている。俺が気づいたことなら、早々に見抜いたはずだ」

『あのな……オレの異母妹をあんまり追い詰めんじゃねえぞ？』

「善処《ぜんしょ》はするよ」

（善処、か）

我ながら空疎《くうそ》な言葉だな、と志紅は思った。

――〝根っから悪人でもないくせに〟

先ほどの黒煉の言葉がやけに沁《し》みる。だが、帝位簒奪者がそうでなければ、いったい世の中誰が極悪人《ごくあくにん》になるというのだ。

――〝森羅万象《しんらばんしょう》なんでも平和に羨《うらや》んで、誰にでも嫉妬《しっと》して、平穏無事《へいおんぶじ》に卑屈《ひくつ》でいられる日常を守るのよ〟

少し前、庭で対峙《たいじ》した時、将来の夢を語っていた少女の言を思い出す。吹っ切れた彼女の声は、明るく力強かった。

（……でも。たしかに、黒煉の言うとおりだ。彼女を守るためだって大義名分《たいぎめいぶん》を振りかざして、無数に傷をつけて切り刻みたいわけじゃない……）

その時、扉の外から「李《り》将軍がお越《こ》しです」とためらいがちに告げる侍従《じじゅう》の声がし、志紅はふと振り返る。

「ごめん、客が来たみたいだ」

　黒煉に断って緞帳を厳重に閉め、志紅は客人の出迎《でむか》えに向かった。

「お休みになるべきところ、ぶしつけをお許しください。陛下」

　扉の向こうに立っていたのは、当然のこと、よく知る緋袍《ひほう》の男だった。彼が愛用している白い羽扇《うせん》が薄闇《うすやみ》にぼんやり浮《う》かぶ。

「……いいえ。こちらこそ、このような時間に呼びつけて申し訳ございません。李将軍」

「私的な場ですのでどうぞ彗縹《すいひょう》と。そもそも臣下にそのようにへりくだる必要はないのですが、なかなか慣れられませんね。在りし日には『彗縹老伯《すいひょうおじさん》』と親しく呼んでは、お父ぎみの禁軍《きんぐん》での武勇譚《ぶゆうたん》をねだってくださったではありませんか。もっといい加減で、気を抜いていいんですよ」

「いつの話ですか、それは」

「さほど遠いことでもありませんよ。私にとっては、ですがね」

　客人――彗縹は、志紅の堅苦しい態度に苦笑いしている。父の部下の中でも、何くれと構ってくれた彼のことを、幼い頃の志紅が慕《した》っていたのは事実だが、なんにせよ昔の話だ。

　にこにこと人のよさそうな笑みに、切れ長の薄青《うすあお》の眼が、下向きの三日月を形作る。

　志紅の父親が存命ならば似たような年齢《ねんれい》になるはずだが、白髪《しらが》の交じる濃茶《こいちゃ》の髪《かみ》を除いてそれを感じさせない若々しいおもざしは、彼が父の隣《となり》に立っていた頃から変わらない。『荊《けい》の乱《らん》』でかつての羽林軍《うりんぐん》の同胞《どうほう》たちが虚《むな》しく散った中、彼の転身をよく思わない者たちからは、独り生き延びたことを揶揄《やゆ》して、「失った仲間の命を啜《すす》って若さを保っている」と噂《うわさ》されていたほどだ。

「では、彗縹どの。僭越《せんえつ》ですがひとつ訂正《ていせい》を。貴方《あなた》のご協力がなければ、今の俺はありません。いわば、第二の父とも仰《あお》ぐべきかたです。私的な場ではなおさら、敬意を表し礼節を以《もっ》て接するのは当然かと」

「第二の父、と。それはありがたいですね。うちは娘《むすめ》ばかりだから、この歳《とし》にして息子を得るとは」

からからと笑って、彗縹は志紅のしかつめらしい口上を流した。

「ところで陛下。このたびのお呼び立ての理由を伺《うかが》っても？」

「それは、……」

志紅は目を伏せた。

（……どう話したものか。伏羲が聞き耳を立てているだろう）

己の身に宿る創世の神のことがちらりと頭を過《よぎ》る。黒煉の肉体が一度死んだ後、改めて志紅に寄生した伏羲とは、ほぼ一蓮托生《いちれんたくしょう》だ。今も、志紅の一挙手一投足《いっきょしゅいっとうそく》をじっと監視しているに違《ちが》いない。

なお、――その伏義は、志紅が簒奪を企《くわだ》てた折、禁城《きんじょう》の主《おも》だった文武官《ぶんぶかん》の夢に顕現《りんげん》して、皇統の交代にまつわる天啓《てんけい》をもたらした、という。

突然《とつぜん》の黒煉の廃位《はいい》、さらには皇統どころか逆賊《ぎゃくぞく》の裔《すえ》である青年を新帝《しんてい》と崇《あが》めよというそのお告げに、多くの官吏《かんり》が戸惑《とまど》ったが、率先《そっせん》して志紅に膝を折ったのが彗標だ。『武《ぶ》の丞相《じょうしょう》』の異名を取る彗標が迷わず従ったことで、結果的に志紅の帝位簒奪と宮廷《きゅうじい》の掌《しょう》握《あく》はこの上なく順調に運んだ。

そもそも彗標は五年前、名門荊家の嫡男《ちゃくなん》という立場を失った志紅を庇い、己の傘下《さんか》の右龍武軍《うりゅうぶぐん》に迎《むか》え入《い》れてくれた人物でもある。志紅が儀同将軍《ぎどうしょうぐん》まで異例の早さで出世できたのも、反逆者の家系という負い目を感じさせない環境《かんきょう》を彼が作ってくれたからだ。

（どうして、ここまでしてくださるんだろうか）

それは、志紅が常に感じていた疑問だ。純粋な厚意《こうい》にしては過度である。彼は、――何を考えているのだろう。

（彗標どのには大恩《だいおん》がある。だが万が一、宗室の真実について何かをご存じなのだとすれば……？　もしそうならば、これ以上巻き込むわけにはいかない）

最初に父を喪《うしな》った。次に黒煉を。宗室の真実を知った者たちの末路を知っているからこそ、志紅はその可能性を恐《おそ》れていた。雛花に何も話せないのも、同じ理由だ。

（だというのに）

どういうわけか彗繧は、雛花と接触《せつしょく》し、彼女と手を組んで窮奇《きゅうき》を倒す算段をつけてきた。

志紅からすれば、守るべき存在が二人で団子《だんご》になって、渾沌《こんとん》の魔《ま》や神々のあぎとの前へ無防備に身を曝《さら》け出しているようにしか見えない。

今日彼を呼び出したのは、真実を知っているかを探《さぐ》るため。

もし予想が当たっているのなら、これ以上の深入りをやめさせねば。

「李《り》副官は、生前の父から何かお聞きなのですか」

あえて、彼が父に従っていた時と同じ呼称《こしょう》で、志紅は注意深く問いかけた。

(これだけで、察してくれるといいが)

緋色《ひいろ》のまなざしを受け流すように、彗繧はにこりと微笑《ほほえ》んで問い返してきた。

「何か、とは?」

「それは、……」

言葉を濁《にご》す志紅に、「ああ、なるほど」と彗繧は先んじて笑った。

「ご心配されずとも、私が陛下にご助力申し上げるのは、私の好きでしていることですよ。私は単に陛下にお味方申し上げたいだけです。荊将軍……いえ、お父ぎみには、非常にお世話になりましたしね」

どこか懐かしそうに目を細め、「それにしても、陛下はやはり、お父ぎみによく似ておいでですねえ」とにこにこ続ける彗標に、志紅はいささか気勢を殺《そ》がれた。

「俺が、父にですか？」

どちらかというと優《やさ》しげな風貌《ふうぼう》をして母親似だと言われることの多かった志紅は、意外な見解に目を瞬《まばた》く。

「ええ。お父ぎみの髭《ひげ》を剃《そ》り、年齢と背丈《せたけ》を抜いて、さらにちょっとこう、筋肉落としていかつさ減らして経験値下げてヒョロくして青くして根暗にしたら、陛下一丁上がりです」

「それ、もはや別人なのでは」

なんだろう。遠回しというか割と直截《ちょくせつ》に貶《おとし》められた気がしてならない。

「そう真《ま》に受けず。戯《たわむ》れにございます。おちゃめは男のたしなみですよ。ほら、世間様でもオヤジはチョイ悪がもてはやされますでしょう」

「……おちゃめ、ですか」

「はい、おちゃめです」

片頬《かたほお》をひくつかせる志紅を宥《なだ》めるように、彗標は羽扇でぱたぱた扇《あお》いでくる。

「しかし、まなざしに込めた意志の強さなどは冗談《じょうだん》ではなく本当にそっくりですよ。いやはや、お懐かしい。私は荊志青《しせい》将軍を忘れた日は、一日たりともございませんから」

「……一日も、ですか？」

「ええ。左羽林軍《さうりんぐん》でお父ぎみの副官として仕えていた歳月《としつき》は、私の人生で最も誇《ほこ》らしい日々です。今までも、――これからも」

では彼は、『武の丞相』と呼ばれるほどの権勢を築き上げた今よりも、志青のそばに在った頃を重んじているということになる。

(俺の前だから、気を遣《つか》って言っているだけかもしれないが……どうするか。せっかく運よく命拾いしたこのかたを、こんなところで伏義の毒牙《どくが》にかけさせるなど、断じてあってはならないのに)

――ふと。そこで志紅は、自問してみる。運よく命拾いした？　本当に？

じっとこちらを捉《とら》える彗縹の青い双眸《そうぼう》に視線を返した志紅は、その奥に、底知れぬ深淵《しんえん》を見た。

かつて、父を喪《うしな》った後に。伏義に取り込まれた黒煉に、宗室の真実を明かされた時に。

――雛花が女媧を降ろした瞬間に。

志紅もまた己の内に宿した、昏《くら》く、冷たい炎を。

(この人の言葉からは、何も摑《つか》めない。あくまで仮定の話だが……)

父が、部下の中で最も聡《さと》い頭脳を持っていた彗縹を、わざと己から遠ざけたとしたら。

意見の相違《そうい》などから袂《たもと》を分かつにしては、今でも彼は、志青を敬愛しているという。

(父が、彗縹どのを生き延びさせるために、敢《あ》えて切り離したとしたら……。彼は、宗室の秘密を知っている、ということにならないか？　だとしたらなおさら、なぜ今になって俺に近づくんだ。関われば危険でしかないのに……）

　後は、どう言ったものか。逡巡《しゅんじゅん》ののち、志紅は顔を上げた。

「彗縹どの。あなたの無私《むし》のご助力に、俺は感謝の思いしかありません。しかし、説仙《せっせん》『孫武《そんぶ》』いわく、『利に合して動き、利に合せずして止《や》む』と申します」

「ははあ。条件が有利なら動き、不利ならやめておけ、とおっしゃるのですね。孫武の兵法《ひょうほう》……『孫子《そんし》』は私も好きですよ。しかして、その真意は」

　当然といえば当然の彗縹の問いに、志紅は視線を伏せた。次いで、「お願いします」と彼に拱手を捧《ささ》げる。

「これ以上は、あなたの不利になります。……深くは、どうぞお尋《たず》ねになりませんよう」

　堅《かた》い面持《おもも》ちで願う志紅に、彗縹はその肩を叩くと、「どうぞ面《おもて》を上げてください、陛下。主君が臣にそう簡単に頭を下げるものではありませんよ」と苦笑してみせた。

「では私も『孫武』の言葉からひとつ。『卒《そつ》を視《み》ること嬰児《えいじ》の如《ごと》し、ゆえにこれと深谿《しんけい》に赴《おもむ》くべし』と」

「……彗縹どの」

「ご心配は存じておりますよ。しかし、そのように陛下がこの身を慮《おもんぱか》り、無償《むしょう》の情を以て接してくださる限り、困難な道でもお供《とも》いたします。今度こそね」

　ひらひらと羽扇を振る仕草は軽いが、最後の一言は重さを感じさせる。

――つまり、何があろうと退《しりぞ》く気はない、とやんわり突っぱねられたわけだ。

「重ねて申し上げる。私は、誰よりも志紅様のお味方にございます。お忘れなきように」

彗縹は繰り返した。わざわざ名を呼ばれたことで、志紅は己の推測があながち間違いでもないことを悟った。

「それはそうと。陛下は今後、泰坤宮《たいこんきゅう》でお休みになられるとか」

そこで、閑話休題《かんわきゅうだい》と言わんばかりに、彗縹はぱんと手を打った。

「……その、つもりです」

そちらも同程度の懸念《けねん》に関することであったので、志紅は軽く目を伏せる。

「俺は、窮奇を一刻も早く討伐《とうばつ》しなければなりません」

（天后の雛を喰い殺そうと、奴がいつその牙《きば》を剝《む》くか）

己に言い聞かせるような志紅の宣言に、彗縹はわずかに首を傾《かし》げてみせた。

「さようでございましたか。私などはてっきり、意中の女性とうきうきひとつ屋根の下で、ここぞとばかりに距離を詰めるおつもりかと思っておりましたが」

「は？」

「正直、陛下があまりに奥手すぎてやきもきしておったところなのです。いやいや、しかし女性は雰囲気を重視するもの。若さに任せて勢いで思いを遂《と》げようとすれば逆効果……」

「いや、ちょ、ちょっと待ってください。意中って、なぜそれを」

まさかの方向に話が飛び火して焦る志紅に、彗繧は「何をいまさら」という風情だ。

「陛下の七面倒《しちめんどう》くさい恋心のことでしたら、相当昔から存じ上げておりますよ？　陰から見守ることに徹《てっ》しすぎて息子の恋路が一方通行って、お父ぎみとの酒のネタでしたし」

（……うわ父上……）

亡き父を初めて内心で罵《ののし》りつつ額を押さえる志紅に、彗繧はやれやれと首を振っている。

「それでも、無理やり皇貴妃に据えて幽閉《ゆうへい》することになった時は、予想以上にこじらせているなあと驚きましたがね。しかし、お気持ちは分かります」

そこでふと笑いを引っ込め、彗繧はすっと視線を下に落とした。

「姿が変わり果てようが、命があればいい。どんな手を使っても、生きていてくれさえすれば。だからこそ過剰《かじょう》に手を尽くそうとする。そのお気持ちは、痛いほどに」

「……え」

「間に合わないなどということがないよう祈《いの》りますよ。かつての私のようにね」

どういう意味かと志紅は視線で尋ねてみたが、彗繧には笑いひとつで流されてしまった。


果たして、翌日。四人の姫君たちが後宮《こうきゅう》の正門に到着《とうちゃく》したという報《しら》せを受け、雛花《すうか》はさっそく出迎えに向かった。

背後では令牌術士《れいはいじゅつし》や武官が隊列を組み、いかめしいいでたちで護衛している。一瞬、なんの行事だったかな、と分からなくなるほどだ。

「はーっ。わざわざ恋敵《こいがたき》を歓迎《かんげい》しに行くなんて、娘々《にゃんにゃん》ってば律義《りちぎ》というか馬鹿正直というかただの馬鹿っていうか、ねえ？」

「ねえ、じゃなくてよ珞紫《らくし》。おまえ、馬鹿に馬鹿って言ったら傷つくんだからね。じっと向こう千年根に持つんだからね。わたくしを馬鹿にしたことはもちろん、娘々呼びを改めないことも許さないからね。っていうかだいたい恋敵じゃありませんし！」

門の前に立つ雛花の隣に控《ひか》える、数年来の侍女《じじょ》——菫《とう》珞紫の軽口に、雛花は柳眉《りゅうび》を逆立てる。「千年後にはいくらなんでも私も死んでますから、好きに根に持ってくれたらいいですよ、娘々」と重ねる彼女は、長い栗毛《くりげ》を後頭部で高く結び、二十七世婦《にじゅうななせふ》の才人《さいじん》でありながら男ものの袍褲《ほうこ》に身を包んだ麗人《れいじん》だ。

琥珀《こはく》の瞳をくるりと巡《めぐ》らせ、「いい加減、呼び方くらい諦《あきら》めて慣れてくださいよ、娘々ってば」とからかっては笑っている。生来の面白がりなのだ。

（珞紫のことも、ずっと信頼して心を預けてたんだけど……な）

彼女は帝位簒奪《ていいさんだつ》の夜、雛花を裏切って志紅《しこう》に身柄《みがら》を引《ひ》き渡《わた》した。以後も彼と繋《つな》がり、雛花の行動を制限してくる。今となっては、後宮脱出《だっしゅつ》の障害となる一人だ。

（ほんとう、魑魅魍魎《ちみもうりょう》ばっかりだわ。どこもかしこも）

人知れずため息をつく雛花の心中などお構いなしに、珞紫は感心している。

「正直あべこべですよね。皇貴妃《こうきひ》になるのは嫌《いや》なのに、四妃の出迎えはされるなんて」

「仕方ないでしょう。本意、不本意かはさておき、今のわたくしは腐《くさ》っても皇貴妃。槐《かい》後宮の女あるじなのだから、わたくしのせいで規範《きはん》を捻《ね》じ曲《ま》げるわけにはいかないわ。心配しなくても、そのうちちゃんとこんな後宮出て行ってあげるわよ」

「いえ、逆に、そのクソ真面目な気質をこんなところで発揮《はっき》するくらいなら、とっとと陛下と既成事実《きせいじじつ》作っちゃってくださいって意味なんですけど……まあいいや」

珞紫は諦めたように眉を上げると、「ところで」と切り出した。

「どんなかたがたがいらっしゃるのか、ご存じなんですか？　娘々は」

「いいえ、紅兄《こうにい》……志紅からも彗縹《すいひょう》さまからも、それは聞いていないの。おまえは知っている？」

（うーん。中に一人偽物《にせもの》が交じっているとはいえ、みんな良家のお嬢《じょう》さまなのよね）

同じ年頃《としごろ》の姫君たちが後宮に入ってくるのは新鮮で、なんだかそわそわする。今までは老女尽くしの要介護《ようかいご》後宮だったわけだが、これからは、正しく〝後宮〟らしい場所になるのだ。

彼女たちは、きっと容姿端麗《ようしたんれい》のみならず、気立てがよくて賢《かしこ》くて礼儀作法《れいぎさほう》も歌舞音曲《かぶおんぎょく》も完璧《かんぺき》なのだろう。

（わあ。考えるだけで羨《うらや》ましい！　皆《みな》さまきっとつつましやかでおしとやかで、声まで愛らしくて、きっと胸なんかも、わたくしのささやかすぎてあるのかないのか分からない程度じゃなく豊満《ほうまん》で、色気もたっぷりなんだわ）

「陛下って、もともと禁城外廷《きんじょうがいてい》や天后宮《てんこうきゅう》の女官《にょかん》たちにすごく人気がありましたもんねえ。名目上のはずが、案外、陛下のお心を射止めちゃったりして？」

常の嫉妬《しっと》と自虐《じぎゃく》を脳内で連ねていた雛花は、珞紫の呟《つぶや》きに盛大《せいだい》に動揺《どうよう》した。

「そ、そそ、そっ、うね？　よ、よよ、よろっ、しいんじゃなくて……？」

「へえー、ふーん、気にならないんですかあ？　できるだけ見栄《みば》えよくしてくれって今朝私に頼《たの》んできたのは、新しい女なんかに負けたくないっていう意味じゃなかったんで？」

すい、ときれいに整えられた姿を指さされた雛花は「ち、違うわよ！」と眉を吊《つ》り上げた。

しかし、珞紫の指摘《してき》どおり、本日の雛花の装《よそお》いに気合が入っているのはたしかなのだ。

華《はな》やかな淡紅《たんこう》の襦《じゅ》に、極薄《ごくうす》の紗《しゃ》を幾枚も重ねた純白の裙《くん》。長袍《ちょうほう》の上では、五色《ごしき》の羽をなびかせて鳳凰《ほうおう》が悠々《ゆうゆう》と飛翔《ひしょう》する。華紋《かもん》が散った可憐《かれん》な披帛《ひはく》に、重厚《じゅうこう》な金襴《きんらん》の帯、煮詰《につ》めた蜂蜜《はちみつ》のようにとろりと輝《かがや》く琥珀の帯鉤《おびどめ》。

額《ひたい》には花鈿《かでん》を入れ、髪は高く結《ゆ》って金銀歩揺《きんぎんほよう》を挿《さ》し、真珠《しんじゅ》や柘榴石《ざくろいし》の櫛《くし》とともに、大輪の緋牡丹《ひぼたん》の生花をあしらった。首環《くびかざり》や耳墜《みみかざり》も真珠を合わせている。いつもの七宝胡蝶《しっぽうこちょう》のますもん。陛下は私のもの！　って主張を装いに盛《も》り込《こ》むなんて、娘々ってば大胆《だいたん》！」

「ええー？　どう違うんです？　鳳凰って天后《てんこう》の象徴《しょうちょう》ですけど、皇妃《こうひ》を示す鳥でもあり

簪《かんざし》だけ、種々の派手な飾《かざ》りの陰《かげ》に隠れて肩身《かたみ》が狭《せま》そうだ。

「そ、それはおまえが勝手に……！」

「まあ、本気で射止めちゃったらヤバいんですけどね。陛下の嗜好的《しこうてき》にも、道義的にも」

「は？　なにそれ、どういう意味……」

雛花が最後まで問う前に、従者たちの長い行列とともに、姫君たちの乗った華美《かび》な輿《こし》や車が四台、次々に到着する。

（う、緊張《きんちょう》する……！）

咽喉《のど》に張りつく声を必死に絞《しぼ》り出《だ》すように、雛花はそれらに向かって語りかけた。

「皆さま、ようこそいらっしゃいました。わたくしは仮初《かりそ》めの皇貴妃ですが、一時《いっとき》でも、この後宮で姉妹《しまい》として出会えましたことを幸いに思いますわ」

妃は四人。茗家《めいけ》、李家《りけ》、葵家《きけ》、桐家《とうけ》を出身とし、本名も知らされてはいたが、それぞれ茗貴妃《きひ》、李徳妃《とくひ》、葵淑妃《しゅくひ》、桐賢妃《けんひ》と呼ばれることとなる。

雛花の声かけに対し、答えは、――ない。

（あら？　聞こえなかったのかしら）

不思議に思い、雛花はもう一度「皆さま……」と呼びかけてみた。少しだけ大きめに。

――と。

返事というか、泣き声が上がり、雛花はぎょっと身を引いた。

「あぶぅ」

(!?)

(え、なに!?　斬新《ざんしん》すぎる返事なんだけど……聞き違いよね!?)

しかし、一拍置いた後に、ふぎゃあ、ふぇえんと間違《まちが》えようもない声が続き、雛花は唖《あ》然《ぜん》とする。「おお、よしよし。もう間もなくですからねえ姫さまぁ」と乳母《うば》らしきあやし声も続いて、雛花は軽く混乱に陥《おちい》った。

「やだやだやだぁ、おうちがいい！　やだやだやだやだ！」

さらに別の輿からは、最初の声よりは多少しっかりしているがやはり幼子《おさなご》の域を出ない声と、甲高《かんだか》いぐずり声が聞こえる。

「ねえ、おやつ。おやつー。おなかすいたの」

片言《かたこと》で無邪気《むじゃき》におやつをねだる声が聞こえたかと思ったら。

「やだわ。皆さま、さわがしいですのね。はあ」

さらに最後の輿からは、舌ったらずな文句とともに、絹の刺繍《ししゅう》履《ぐつ》に包まれた小さな足がすっと出てきた。大人びた口調にも思えるが、――声が若いというか、若すぎるどころか幼すぎる。

（……え……いや、ちょっと待って……）

隣で珞紫が腹を抱えて笑う準備をしている。つまり、悪い予感しかしない。

やがて、四つの輿から四妃全員が出てきてしまうと、果たして雛花は、その予感が的中していたことを身を以《もっ》て知るはめになる。

姫君たちは、なるほど皆美しく愛らしい。

ただし、『妃として』とはちょっと違う意味で。

茗貴妃。文官の名門、茗家出身。最近乳離《ちちばな》れしたばかりの一歳児《いっさいじ》。

李徳妃、武官の名門、李家の出身で、彗慓《すいひょう》の姪《めい》っ子だという。五歳児。

葵淑妃、文官の名門、葵家の出身。いたずら盛《ざか》りの三歳児。

桐賢妃、武官の名門、桐家の出身。元気いっぱいの四歳児。


――今回後宮入りした妃たちは、幼児しかいなかった。


「……あの、珞紫。これは一体……」

「見たまんまですよ。大変ですよねえ」

のんきな感想を述べる珞紫の隠す気もない笑い声が、騒然《そうぜん》となる後宮の前庭に虚《むな》しく響いた。

かくして──槐の後宮は、介護後宮改め、育児後宮としても花開くこととなる。

どのみち理不尽《りふじん》なのは仕様らしい。


何はともあれ、後宮《こうきゅう》の平均年齢が下がった。

といっても、老女の坩堝《るつぼ》にいくばくかの幼女を放《ほう》り込《こ》んだだけなので、それでも十分高くはあるのだが、多少まともな方向には修正された。ただしあくまで平均の話だ。

「中間は、中間点はどこにあるの。ちょっとこれはどういうことなのか、紅兄《こうにい》さ……志紅《しこう》を呼び出してキリキリ締《し》め上《あ》げないといけませんわね……」

「わー、キリキリ締め上げようとして返り討ちにあってキリキリ舞《ま》いする娘《にゃんにゃん》々が目に浮かぶようですねぇ」

後宮入りしてしばらくは、与《あた》えた室《へや》で各自身辺を整えてもらう時間とした。頭を冷やしがてら自らも室に引っ込みつつ、隣でへらへら笑う侍女《じじょ》の菫珞紫《とうらくし》に、雛花《すうか》は涙目《なみだめ》で噛《か》みついた。

「珞紫おまえうるさいわよ！　そうだ、どういうことかっていえば、子供の肌《はだ》ってどうしてああもスベスベぷるぷるもっちもちなのかしら羨《うらや》ましいわよね!?　最近までお乳ばっかり飲んでいたから!?　わたくしも明日からお乳だけ飲んで生活すれば、あるいは……」

「いや、その歳《とし》で乳に吸いつかれたら乳母《うば》が失神しますよ。止めませんけど」

「そこは止めなさいよ」

恒例の嫉妬《しっと》に水を差された雛花だが、真の問題はそこではなかった。

（あっ、そういえば彗《すい》標《ひょう》さまも『媽媽《ママ》友《とも》お食事会』とか言ってたわね……あれは結果的に正解だったんだわ……）

ともあれ、雛花は後宮の女あるじとしての権限を活《い》かし、己《おのれ》の部屋の周囲を取り巻くように四妃《しひ》の臥室《ふしど》を配した。普段《ふだん》使っていた皇貴妃《こうきひ》の自室はまるまる一階を用いた広いものなので、別の階でちょうどいい間取りのところを探し、己の拠点《きょてん》もそこに移動させてある。

雛花の『あんしん窮奇討伐計画《きゅうきとうばつけいかく》』としては、同じ齢、なんなら多少嫉妬したくなるお年《とし》頃《ごろ》のお姉さまがたがいらっしゃる予定だったので、それで問題なく窮奇を見極《みきわ》めるはずだった。

しかし、やってきたのは、年端《としは》もいかぬどころの騒《さわ》ぎではない幼児が四名。年齢的には乳離れがすんでいなくても不思議ではない子もいるので、むしろ乳幼児である。

「警備のために、明日からは乳母とも引き離すことになるし……どうしようかしら」

「そういうことに長《た》けた新しい人手を増やすのも、無理ですしね。安全上もですけど、なにせこの一件、ごくごく内密にされているので」

「世間一般《いっぱん》には、ちゃんと姫君たちの後宮入りとして周知《しゅうち》させてるんですものね……警備も、信頼のおける龍武軍《りゅうぶぐん》の精鋭《せいえい》だけで固めているそうだし」

「けど、そんな事情、子供にしてみれば知ったこっちゃないですもんね」

四妃らにしてみれば、初めての後宮で、ひょっとすると初めての一人でお泊《と》まりである。

「お母ぎみからこんなに長く離れたこともないでしょうしねえ。なんていうんですかねこういうの。……えーと、『はじめてのおつかい』？　むしろ『慣らし後宮』？」

「珞紫、一応訊《き》いておくけど後宮の話をしているのよね」

「当たり前じゃないですか。それにしても、親と引き離されたと気づいた妃たちの大絶《だいぜつ》叫《きょう》の壮絶《そうぜつ》さときたら……再現できませんけど、『フギャアン！　ヒギイ！　ゴゲエ！』みたいな」

「くどいようだけど、四妃の皆さまのお声の話をしているのよね」

「だからそう言ってるじゃないですか」

あんまりなので、不安に紅涙《こうるい》を絞《しぼ》っておいでなのだ、と脳内変換《のうないへんかん》しておく。不毛だ。

（まあいいわ。毎日、四つの部屋を順繰《じゅんぐ》りに巡回《じゅんかい》しながら四妃のお世話をして、都度《つど》触《ふ》れ合《あ》いながら様子を見ましょう）

嫉妬と自虐《じぎゃく》が身上の雛花は、その副次的なものとして、わずかな仕草や表情から人の本心や性質を読み解くのが得意だ。

（窮奇は変幻《へんげん》のけだもの。感じ取るのはちょっとした違和《いわ》でも、何かの糸口を摑《つか》めるかも

しれない。頑張《がんば》らなくちゃ）

桃華源《とうかげん》に災《わざわ》いを招く渾沌の魔を打《う》ち払《はら》う。そうだ。なんといっても、これは。

（正式に就任《しゅうにん》してはいないけれど。実質わたくしの、天后《てんこう》としての初任務なのだもの！）

両拳《りょうこぶし》を握《にぎ》って引き寄せ、雛花は意気込《いきご》んだ。

妃たちの年齢が予想と違ったところで、こなすことは同じなのだ。それはそれで、どうにかなるか——と、その時の雛花は思っていた。


結論から言うと、「初日はさんざんでした」に尽きる。

まず、成員の最年少である茗貴妃《めいきひ》は、臥室《しんしつ》の扉を開けた瞬間からが戦いの始まりだった。

「お邪魔《じゃま》いたしま……ひえっ」

足元を何かがすり抜《ぬ》けた、と思ったら、高速のよたよた歩きで室内からの脱走《だっそう》を図《はか》った茗貴妃である。こちらから見えるのは後ろ頭だが、まだほとんど伸《の》びていない柔《やわ》らかそうな栗色《くりいろ》の和毛《にこげ》を赤い組《く》み紐《ひも》で結っているのが可愛《かわい》らしい、と思えた最初はまだ余裕《よゆう》があったのだろう。

「あう、ぶぅ」

無邪気な声を上げて回廊《かいろう》をひたひた駆《か》け去って行く——足取りはおぼつかないはずなの

に、そう評していい速さだった――その背を見送った直後、ガシャン、パリン、という音が響《ひび》く。

（なにごと⁉）

「茗貴妃さまご無事ですの⁉　お怪我《けが》は⁉」

雛花《すうか》は慌《あわ》てて飛んでいったが、ほんの少しの間に、回廊にあった青磁《せいじ》の飾《かざ》り壺《つぼ》がふたつ、名匠《めいしょう》による水墨画《すいぼくが》の掛《か》け軸《じく》が一幅《いっぷく》、花瓶《かびん》がひとつほど犠牲になっていた。

「この小さなお手てでどうして飾り机を脚《あし》からひっくり返す怪力《かいりき》が出せるのかしら……訓練方法を知りたいわね」

「幼児がどういう訓練するんですか」

これ以上の凶行《きょうこう》を止めようと駆《か》け寄《よ》ると、人見知り真《ま》っ盛《さか》りの茗貴妃に、身も世もない泣き声を上げられた。それでも「乳母《うば》には外してもらっているし、とにかく泣きやませなくっちゃ……！」とおぼつかない手つきで抱《だ》き上げたのがいけなかった。

ますます「殺される！」と言わんばかりの大絶叫《だいぜっきょう》になり、至近距離《しきんきょり》で耳に突き刺さった。焦《あせ》って揺《ゆ》らすとますます酷《ひど》い様相を呈《てい》し、さらに恐怖《きょうふ》に耐《た》えかねたのか、シャバーッと音を立てて腰回りの衣装《いしょう》が重くなる。お漏《も》らしあそばされたご様子である。

「どうしよう、どうするの珞紫⁉　とりあえずおしめってどう替《か》えるの⁉　ああっ、濡《ぬ》れてる、裙《くん》まで濡れているわ」

「落ち着いてください娘々、落ち着いてまず脱出経路を確保するんです」

「逃げてどうするのよ!! ど、ど、どうしたらいいの!? ええと……おー、よしよし、ほーら左手の蓮華龍鱗紋《れんかりゆうりんもん》ですわよー、めずらちいでしゅねー、いやああ効かないやっぱり泣いてるっていうか髪《かみ》の毛《け》引っ張らないで引《ひ》っ掻《か》かないで!? あと胸をはだけさせてもわたくしから乳は出ません!」

茗貴妃の害による犠牲者名簿《めいぼ》には、壺と掛け軸と花瓶に加えて、雛花の髪の毛数本と頬《ほお》や胸の引っ掻き傷が追加された。今まで乳幼児と触《ふ》れ合う機会のなかった雛花は初めて知ったが、一歳児の殴《なぐ》る蹴《け》るは容赦《ようしや》がない分、まともに喰らうと結構かなり相当痛い。

「あ、屑入《くずい》れもひっくり返されてる……うふふ、どうしてこの短時間で床《ゆか》一面を水浸《みずびた》しの紙きれだらけにできるのかしら……いいわね、これは天性の才能ね。彼女には乱しの才があるわ……素敵《すてき》……」

「半笑いで自失してないで、次、行きますよ次!」

ほつれた髪と乱れた衣装を申し訳程度に整えつつ、珞紫に引っ張られながら向かった先にいるのは、三歳児の葵淑妃《きしゆくひ》である。

「あ、でも待って。三歳っていうことは、割と言葉も話せるのではない? 茗貴妃さまはほとんど意志の疎通《そつう》以前の問題だったけれど、話ができるならまだましですわね」

少し気持ちが明るくなった雛花だが、実際に葵淑妃に遭遇《そうぐう》したのち、その考えを改めることになった。

雛花が目の前に膝をついて視線を合わせると、切《き》り揃《そろ》えられた麦わら色の髪に、くりくりした鳶色《とびいろ》の眼《まなこ》が愛らしい葵淑妃は、きょとんと首を傾《かし》げた。耳の隣でくるりと結い上げた童女髪を撫《な》でながら、雛花は疲労《ひろう》をきれいに隠して微笑《ほほえ》みかける。

「こんにちは。葵淑妃さま」

「こにゃちは！」

「お歳《とし》はいくつ？」

「しゃんしゃい！」

（よ、よかった、話が通じる！　そして可愛《かわい》い！）

三歳と口で言いながら立てられた指が四本なのはご愛敬《あいきょう》だろう。ぷくぷくの赤いほっぺたに心ひそかに癒《い》やされながら、胸を撫《な》で下ろした雛花は、次の瞬間、固まった。

「えっとね、おはなちゃんがね、ぱああーってね、うんとね、あっちいってね、わあってちてね、こっちにね、おちょくじでね、ねんねちてね、んっとね、しゅるの」

（うん。むっちゃくちゃしゃべるんだけど、何言ってんのかサッパリ分からない……！）

「ええ、……そうですわね」

しばらくそのままの表情で凍結《とうけつ》していた雛花だが、ひとつ頷《うなず》くと、背後の珞紫をゆっくりと振り向いた。

「……珞紫おまえ、葵淑妃さまがなんておっしゃっているのか翻訳《ほんやく》なさい」

「無茶振りすぎます娘々」

静かに侍女に命じてみたが、当然のこと断られる。

何より、最初こそおとなしそうに見えた葵淑妃だが、「ねえやは？」と乳母を捜し始め、やがて「ここどこ？」からの、「おうちかえる」に発展してからは、怒濤《どとう》の急変だった。

「ふええ、……わあぁん、うわあああ、かえるぅ、かえるぅう!! 媽媽《ママ》！ 媽媽《ママ》ぁ！」

「ちょっ、お、お待ちになって」

「ギャアァン、やだやだやだやだ、かえるかえるかえるー!!」

鼓膜《こまく》が破れるほどの大音声《だいおんじょう》で泣きわめき、後ろにひっくり返って手足をばたつかせ、ボロボロと大粒《おおつぶ》の涙《なみだ》をこぼす葵淑妃に、雛花と珞紫は揃ってお手上げとなり、やはり乳母に救援要請《きゅうえんようせい》を出すはめになったのだった。

ちなみに、禁軍《きんぐん》の皆さまは、初の育児に右往左往《うおうさおう》する皇貴妃と侍女に、どうしたものかうろたえながらも鉄の警備体制を敷いてくれていた。職業魂に感謝である。

「次の桐賢妃《とうけんひ》さまは四歳だったわよね……ねえ、三歳から四歳って、どれくらい成長しているもの……？　多少なりとも話が通じるようになっているものかしら？」

「知りませんよそんなの……会えば分かるんじゃないですか」

眉間《みけん》を揉《も》みながら付《つ》き添《そ》う珞紫とともに、戦々恐々《せんせんきょうきょう》として扉を開けた先には、さらさらの黒い髪を淡紅《たんこう》の牡丹《ぼたん》で飾り、長椅子《ながいす》にちょこんと腰かける桐賢妃の姿がある。丈《たけ》の短い裳《も》の裾《すそ》から覗《のぞ》く足が、ぷらぷらと所在なく揺れていた。

（ど、どんなもんかしら）

乳母とともにままごと遊びに興じていたのか、室内には人形やおもちゃの食器が散乱している。睫毛《まつげ》が長く瑠璃色《るりいろ》の眼がぱっちりと大きい彼女のほうが、お人形さんのようだ。

「ごきげんよう、桐賢妃さま。おままごとですの？　わたくしもご一緒《いっしょ》してよろしい？」

「はい！」

おそるおそる話しかけてみると、顔全部を使ってにぱっと笑って元気よく挨拶《あいさつ》を返してくれる桐賢妃に、雛花の頬も思わず緩《ゆる》む。

（この子もかっわいい……！　それにこの感じだと、ちゃんと会話もできそうな……）

安堵《あんど》から肩の力を抜いた雛花は、次の桐賢妃の台詞《せりふ》に目を瞬《まばた》いた。

「あっ、だめ。おへやにはいったらね、おししおどりを、しないとなの」

「は？」

（お獅子《しし》おどり？　……って、舞獅《ししまい》のこと？）

「おしし！」

首を傾げる雛花の手をむんずと摑《つか》み、かっと目を見開いて桐賢妃は叫《さけ》んだ。

「お、おしし⁉」

呆気《あっけ》に取られる雛花が退出しようとする乳母を見やると、黙って頷《うなず》かれた。濃《こ》い疲労の見えるその顔に、なんの合図だと問《と》い質《ただ》す前に、頭を前後に激しく揺らしながら、桐賢妃はなおも絶叫する。

「おしし！　おしし！　おしし！」

「お、おしし！　ほら、お腹《なか》抱えて笑ってないで珞紫、おまえもやりなさい⁉」

「ちょ、私もですか⁉」

勢いに呑《の》まれた雛花は珞紫を巻き込んで『お獅子おどり』に強制参加となり、頭を振りたくりながら「おしし」連呼を続ける謎《なぞ》の踊《おど》りは実に四半刻《しはんとき》は続いた。城市《まち》の祭りで見かける舞獅《ししまい》とは別物もいいところだが、おそらく、髪の毛をたてがみに見立てながら全身で獅子の勇壮さを表しているものと思われる。

脳震盪《のうしんとう》直前で意識が飛びそうになるが、「ありがと、こうきひの小姐《おねえさま》」と愛らしく笑われれば、雛花もにやけ顔になるというものだ。子供の笑顔にはだいたいのことを許させてしまう力がある。羨《うらや》ましい限りだ。

もっとも、それは「もっと遊んで遊んで！」という、無限地獄《むげんじごく》の始まりだったのだが。

「たぶん一生ぶんの高い高いと抱っことおままごとをした気がする……ら、……珞紫、……きょ、今日は、わたくしの筋肉のお葬式《そうしき》だわ……」

「そんじゃ線香《せんこう》にはお灸《きゆう》でも焚《た》きましょうかね」

四妃巡回も次で最後である。とうとう雛花は、李徳妃《りとくひ》のもとまで這《は》うように到達《とうたつ》した。なお、全身バキバキで息も絶え絶えだというのに、ここまでで成果は皆無《かいむ》だ。

「おはつに、おめもじ、つかまちゅります。こうきひさま」

きれいに結った銀色の髪を揺らし、もみじのような手を重ねて淑女《しゅくじょ》の礼を取る李徳妃は、まだ五歳のはずだが、かなり大人びた子供のようだ。わずかに舌ったらずの口調でも、薄青の虹彩《こうさい》の美しいきりりとした目許《めもと》には、幼いながら知性が感じられる。

（こ、今度こそ穏《おだ》やかな時間になるかも……!?）

思わず雛花は期待に胸を躍《おど》らせた。

「こちらこそ、お初にお目にかかりますわ、李徳妃さま。たしか李徳妃さまは、李将軍の姪御《めいご》さまに当たられるのだとか」

「はい。おじうえを、ごぞんじですの」

「ええ、存じ上げております。こちらで無事に皆さまをお迎《むか》えできるようになったのも、彗縹《すいひょう》さまの取り計らいですの」

利発そうなまなざしでじっと見上げてくる李徳妃に、ますます雛花は頰を緩ませる。

（ああ、癒やされる……！　いえ、他の三名もそれぞれ愛くるしくていらっしゃるのだけど、それでも会話がまともに成立する安心感って尋常《じんじょう》じゃないわ！）

及第点《きゅうだいてん》をかなり低い所に設定して感動に浸《ひた》る雛花は、しかし、彗縹と知り合いであると教えた瞬間、「おじうえを、そう」と李徳妃がすっと半眼になったことに気づけなかった。

「これからこの後宮で仮初《かりそ》めとはいえ姉妹となるのですから、どうぞよろしくお願いいたしますわね」

ほくほくと微笑んで、雛花が李徳妃の頭を撫でようとした瞬間。

ぺち、といい音がして、手を払《はら》い除《の》けられた。

(はい?)

「え、あの。李徳妃さま……?」

宙ぶらりんになった右手を引っ込めるに引っ込められず、雛花がおずおずと「なにごとか」と問いかけたところ。

「小姐《おねえさま》、おじさんくさい」

「はっ?」

「おじさんくさい手で、さわらないで。嫌《きら》い!」

(な、な、何が……!?)

林檎《りんご》のように赤い頬をふくらませ、ぷいっとそっぽを向いてしまうその様は無邪気だが、投げつけられた言葉は辛辣《しんらつ》かつ理不尽だ。

「おじさんくさい、ですって……!? わたくしが!? いえ、性格がめんどくさいとか見た目乳くさいとか乳の大きさ足りないとか実態として乳出ないとか、そういう貶《けな》し文句でしたらただの事実なので甘んじて受《う》け容《い》れるんですけども、よりによって、お、おじさんくさい……!?」

「娘々、途中《とちゅう》から自虐《じぎゃく》の趣旨《しゅし》変わってますけど」

「口うるさい小姐《おねえさま》。くさい、きらいっ」

淡々《たんたん》と珞紫に突っ込まれつつ、がぁん、と頭の上から金属の水盤《すいばん》を落とされたような衝撃《しょうげき》に震《ふる》える雛花に、李徳妃はますます取り付く島もない。

「あー、もしや李将軍と仲がよろしくないのかもしれないですねぇ。いけないとこ踏《ふ》んじゃったのかも。それにしても、おじさんくさい娘々……ぷふっ……」

背後で珞紫が、あからさまに噴《ふ》き出《だ》して笑っている。どうにか立ち直って睨《にら》みつける雛花に、「娘々ってば大人げないですよ、子供の言うことなんですから」と今度は珞紫が李徳妃に手を伸ばした瞬間。

「ハシタメのブンザイで、かるがるしくさわらないで」

ぺちっとまた手を弾《はじ》かれ、笑顔のまま珞紫は固まった。

「……娘々。こちらのクソガ、……失礼、お子さまには、ちょっと教育的指導な可愛がりが必要かもしれませんね」

「大人げないのはどっちよ!?」

呆れる雛花の前で、李徳妃はつんと取り澄まして唇を尖《とが》らせた。

「皆さま、きがきかないのね。おなかがすいたわ。おやつもないの？」


「世の中のお母さまがたって、心身が鋼《はがね》でできてるのかしら……むしろ、すべてのお母さまがたと乳母《うば》の皆さまに、我《わ》が国《くに》では特別褒章《ほうしょう》を与える習いにしたほうがいいんじゃないかしら」

半日経《た》たないうちに、雛花《すうか》は新たな自室の壁にぐったりと懐いて呻《うめ》いていた。

「白目剝《む》いてますよ娘々《にゃんにゃん》」

「おまえもね珞紫《らくし》」

調査に付き添っていた珞紫も、隣で同じ様相を呈《てい》している。なしくずしで巻《ま》き添《ぞ》えを食らわざるを得ない彼女は、生来《せいらい》面白がりのはずだが、今回ばかりは余裕がなかったようだ。

「むしろ血も繋《つな》がってないのに子供の面倒見られる乳母って存在が尊《とうと》すぎない？　なんなの天女《てんにょ》なの？　褒章どころか乳母教作って崇《あが》めるべきじゃないの？　もちろん母親教も作るべきだけれども」

立て板に水で一気に吐《は》き出《だ》してしまうと、改めて直面した現実が重くのしかかってきて、暑くもないのに嫌な汗《あせ》をかく。

どの姫君に関しても、一瞬たりとも目が離せない。一応、おしめの替え方や湯の入れ方、乳に代わる白湯《さゆ》のあげ方なども教わってきたが、正直実践《じっせん》できる気がしない。

「というか、明日から乳母が全員いなくなるのよね？　どうするの。えっ、本当どうするのこれ。詰《つ》みよね」

衫《さん》の袷《あわせ》を緩《ゆる》めながら雛花が問うと、「ど、どうするんでしょうね……」と珞紫も額を拭《ぬぐ》う。

「なんかこう、自分たちで、どうにかするしかないんでしょうね……」

「どうにかなるの⁉」

「なったらいいなって思ってた頃《ころ》が私にもありました」

「追想《ついそう》にしないでよ！」

こめかみを軽く押さえると、雛花は「……けど」と視線を落とす。

（姫君たちのご実家の不安は、きっとわたくしたちの比ではないのでしょうね）

――現に妃たちの母親は、内廷《ないてい》の入り口ぎりぎりまで付き従ってきたという。ひょっとしたら、その娘はばけものの変わり身かもしれないのに、だ。

窮奇《きゅうき》の正体を暴《あば》くのに一度でも失敗してしまえば、当事者も含めて周辺にいる人間がどれだけ巻き添《ぞ》えになるか分からない。下手をすれば泰坤宮《たいこんきゅう》がまるごと渾沌《こんとん》に呑み込まれる。だからこそ誰の同伴も許すわけにはいかないのだが、安全なんてどうでもいいから、子供と一緒にいたいと希《こいねが》った者もいたらしい。

名残の惜しみ方が度を越しているようにも感じられるが、そもそも、ひとたび入れば生涯《しょうがい》その心身を皇帝に捧げる百花の一輪となり、枯れ朽ちるまで二度と外には出られないのが後宮という花園である。

今回はもちろん例外的な措置《そち》ではあるものの、今生《こんじょう》の別れになるかもしれないのは同じなのだ。後宮と外界とを隔てる分厚い門扉の威圧感《いあつかん》を、雛花は改めて思い知った。

「珞紫。一時《いっとき》はわたくしが預かるんだとしても……なんとしても、四妃《しひ》の皆さまを窮奇から救って、いずれちゃんと安心しておうちに帰れるようにして差し上げたいわ」

気づけば自然に、雛花は呟《つぶや》いていた。

「なんとしても、ですか」

これに対して珞紫は、少し奥の読めない笑みを唇に上らせた。

「それは、天后《てんこう》の力を使ってでも……ってことですよね？」

「当たり前でしょう。わたくしは、そのためにいるのだもの」

今さら何を、と眉《まゆ》をひそめる雛花に、「ですよね」と珞紫は視線をうつむけた。

「そういえば……娘々は覚えてます？　昔、後宮をいよいよ追い出されるって時に、死にかけたことがありますよね。お母ぎみと暮らした宮に火をかけられて」

不意に珞紫に問いかけられ、雛花は目を瞬《しばたた》く。

「え？　ああ、……あったわね、そういえば。それがどうかして？」

荊《けい》の乱《らん》の直後だったから、もうずいぶん前の話だ。

（あの時も、紅兄《こうにい》さまに助けていただいたんだったわ）

しみじみ回想に耽《ふけ》っていた雛花を見つめていた珞紫は、不意にぼそりと呟《つぶや》いた。

「なるほど。あなたには、それが〝そういえば〟で、〝あったわね〟なんですよねぇ」

「……珞紫？　だから、どうしたの？　おまえ何か変よ」

「なんでもないっすよ？」

珞紫は肩を竦《すく》めた。

「けど、雛花さま。あなたがそんなだから、私は、楽しくもないのに志紅陛下《しこうへいか》につかなきゃいけないんですよ。……本当にこれでいいのかって、迷いながらね」

わざわざ皇貴妃《こうきひ》としての尊称《そんしょう》ではなく、後宮に入る前の呼び方をされる。そこになんらかの意図を感じつつ、雛花は顎《あご》を引く。

（皇帝の妃ではない、藍《らん》雛花に向けての言葉だってこと？　……分からないわ。珞紫は何を知っていて、何を思って紅兄さまに従っているのか。近いうちにきちんと問《と》い質《ただ》す必要があるわね）

「楽しくもないなら、とっととわたくしのもとに戻ってきなさいよ」

毒づく雛花に聞こえなかったふりをしつつ、「ま、それはそうと」と珞紫は話を変えた。

「相手は四凶《しきよう》ですからね。明晩から、陛下がこちらにお泊まりになられます」

「こちらって、泰坤宮に？　って、おまえなんなのその全開笑顔」

非常に嫌な予感がして、「まさか……」と数歩後ずさる雛花に、「ふふ、そのまさかです」

と珞紫は人差し指を立てた。

「もっちろん、こちらのお部屋にいらっしゃいますから」

「絶対にお断りよ!!」

即《そく》、雛花は叫んだ。

「意味が分からないわ!?　しかもこの室《へや》、寝台《しんだい》がひとつしかないじゃない！　嫁入り前の娘と、男を同衾《どうきん》させるつもり!?」

「嫁入り前って、娘々。あなた皇貴妃じゃないですか」

「わたくしは認めた覚えがないわ！」

「さっきまで四妃たちに普通《ふつう》に『皇貴妃の藍雛花です』って名乗ってたくせに……ずいぶん都合のいいご身分ですねえ」

「ぐっ」

ぼそりと呟かれ、雛花は斜《なな》め下を見る。

「そ、それでもわたくしは天后候補なの！　まかり間違っても、なんというかその……一夜の過《あやま》ち的な何かが起きるような状況に陥《おちい》るわけにはいかないのよ！」

「やだなーその過ち的な何かを期待して、私が必死こいて陛下を説得申し上げたんですよ」

「余計な真似を!?」

この一日が大変すぎて半《なか》ば頭から吹っ飛んでいたが、よく考えなくてもこの侍女は、やたらと雛花を志紅にあてがおうとするのだ。「一日も早く本物の妃になってくださいよ」は毎日耳にたこができるほど言われ、また聞き流していることでもある。

「ま、泣いても笑っても陛下のおとないは明日です。慣れない育児でお疲《つか》れでしょう。今晩はゆっくり寝て、しっかり英気を養ってくださいよ。私は続き間の控室《ひかえしつ》に詰《つ》めてますんで」

「言われなくても……って、あっ、そういう意味ではなくてね!?」

軽口の応酬《おうしゅう》に繋がりそうだった瞬間、すぐ隣室《りんしつ》から「ギャオオン」とでも表現すべき盛大な泣き声が響いてきた。耳を手で押さえてどうにかなる音量ではなさそうだ。

雛花と珞紫は、ゆっくりと顔を見合わせた。

「……ねえ珞紫。ひょっとしなくても」

「はい。……夜泣き、……毎晩あるんですかね」


——眠れない。

気がかりや悩み事のせいというより、物理的にだ。

十分に立派な寝台に横になり、絹の夜着とふかふかの布団《ふとん》にくるまっているはずなのだが、人体にとって音の及《およ》ぼす影響《えいきょう》とは甚大《じんだい》らしい。後宮《こうきゅう》に入るまでずっと暮らしてきた小離宮《しょうりきゅう》は、粗末《そまつ》でも静かだった。環境の大切さを思い知る。

仕方がないので、雛花《すうか》は眠る前に書き物をすることにした。さらさらと筆を滑《すべ》らせているうちは無心になれるが、それも終わってしまうと、残ったのは手持《ても》ち無沙汰《ぶさた》な時間だけ。料紙《りょうし》を丁寧《ていねい》に折りたたんで螺鈿《らでん》の箱にしまうと、雛花は寝台に転がり尽きない悩みに思いを巡らせる。

（さて、まずはどうやって窮奇《きゅうき》をいぶり出すかよね……）

四凶《しきょう》・窮奇の最大の特徴《とくちょう》は、〝嘘《うそ》つき〟であることだ。しかし、どうすれば渾沌《こんとん》に囚《とら》われた者を取り戻せるのか、『白澤図《はくたくず》』には記載《きさい》がない。おまけに、偽物《にせもの》が誰かを推理《すいり》しようにも、四妃《しひ》たちはまともな会話どころか冷静に動向を観察することすら叶《かな》わない。

（第一、そもそも頼《たの》みの綱《つな》の天后《てんこう》の力が……。どうしてまた、駄目《だめ》になってしまったの？）

雛花はふと不安になった。

（ああ。今すぐ女媧娘々《じょかにゃんにゃん》と話せればいいのに……）

そもそも女媧とは、饕餮《とうてつ》を倒してから一度も会っていない。待ちくたびれた、と雛花に言っていたはずなのに、いくら呼びかけても彼女は顕現《けんげん》のけの字もないのだ。

あんなに天后になりたかったのに。今となっては、とんだ未熟者が資格を得てしまったと、暗く後ろ向きな方向に心が傾《かたむ》きかける。

――〝きみは俺の妃だ〟

甦《よみがえ》るのは、饕餮の騒ぎの後。禁城《きんじょう》の庭にある太鼓橋《たいこばし》の上で。雛花を後ろから抱きしめてその両目を覆《おお》い、志紅が落としていった囁《ささや》き。

――〝だから早く、諦《あきら》めて〟

(誰が。諦めるもんですか)

彼の言うとおり、堕《お》ちてしまえば楽になるのだろう。けれど、何も知らないままで、何もできないままでいるなど。そんなことは許せない。全身を縛《いまし》められたとしても、指一本でも動く限り、あがくことをやめたくはない。

「……〝韻《いん》と容《よう》とで乾坤《けんこん》を描《えが》け〟」

力を使うわけではないから、かたしろは捧《ささ》げなかったけれど。寝台に横になったまま、雛花は小声で呟《つぶや》き、腕《うで》を持ち上げて左手首を目の前にかざしてみた。

「我《わ》が身《み》に降《くだ》れ女媧娘々」

(はあ。……なんて、ね)

どうせ今日も女媧には会えない――そう高《たか》をくくって、ころりと寝台の上で寝返りを打った時だ。

『呼んだぁ？』

声なき声が夜のしじまを揺らした。

「誰⁉」

驚いて身を起こした雛花だが、扉が開く気配はなく、当然誰の影《かげ》も見当たらない。

（幻聴《げんちょう》？）

——では、なかった。

寝台の脇机《わきづくえ》の横に、金色の粉がけぶるようにぽつぽつと光の粒《つぶ》が浮かんでいる。雛花が声も出せずにいるうちに、それは人の形を取った。

「……⁉」

そうして寝台のそばに現れたのは、金色の髪の青年。

まず見入ったのは、恐ろしく整ったその造作《ぞうさく》だ。線のほっそりした容姿は女性的でもあり、とにかく凄烈《せいれつ》なまでに美しい。

『こうしてちゃんと顔を見て話すのは初めてかな？　こんにちは、僕の天后』

その声は、耳で聞いているはずなのに、じかに脳に響《ひび》くようだ。

淡《あわ》く燐光《りんこう》を発する白い皮膚《ひふ》は闇《やみ》に浮かぶようで、白い深衣《しんい》——現在主流の男子の装《よそお》いである袍褲《ほうこ》とは違い、衣《きぬ》と裳《も》が連なった、大昔の士太夫《したいふ》が身に纏《まと》っていたような前時代的な衣装だ——を着けている。

女性のように紗《しゃ》の披帛《ひはく》を肩にかけ、腰帯《こしおび》といい手足といい、枷《かせ》のように玉や鈴《すず》を連ねた装身具《そうしんぐ》が絡《から》みついているのが印象的だった。

さらに異質なのは、雛花とそっくりな深い孔雀緑《くじゃくみどり》の虹彩《こうさい》の中央に、細い瞳が縦に走る眼《め》。まるで、けだもののようだ。それだけで、人の形をした別の何かだと容易《ようい》に知れる。

第一、立っているのかと思いきや、青年は宙に浮いているのだ。伸ばして編んだ稲穂《いなほ》の色の髪が、風もないのに、ふわふわと闇に踊《おど》る。

「……だ、誰なの」

とっさに寝台の上に身を起こし、かさついた咽喉《のど》からかろうじてそれだけ絞《しぼ》り出す雛花に、青年はにこりと軽く笑んだ。邪気《じゃき》のない表情である。

『誰って。君が呼んだんじゃないか、僕を』

「は？　どういう……」

状況が呑み込めない。

一拍置いて、雛花は青年の顔をまじまじと見つめた。

(ゆ、夢？　それとも)

白い肌、白い衣《きぬ》、金の髪――いや、たてがみ？

まさか。そんなはずは。

「あなた。じょっ、女媧娘々……!?」

『他に誰を呼んだのさ』

呆《あき》れたように肩を竦《すく》める青年に、雛花はひたすらぱくぱくと口を開け閉めするしかない。

(いやいやいや。あり得ないわよ!?)

神々が顕現する時に、稀《まれ》に人の姿を取ることもある、とは伝承《でんしょう》に聞いていた。しかし、それにしたってこれはおかしい。

女媧娘々は、読んで字のごとく、創世《そうせい》の女神なのだ。しかし、目の前の青年は優美でこそあったが、浮《う》き出《で》た喉仏《のどぼとけ》も、それなりにある肩幅《かたはば》も、中性的だがちゃんと低い声も、どこをどう取っても男性にしか見えない。対する雛花は、よりによって単衣《ひとえ》の夜着姿。

己《おのれ》の装いをいまさらながら思い出して青くなる。

「やっぱり不審者《ふしんしゃ》!　誰か来っ……むぐっ!」

『はい黙ってー。今ここで僕を厄介払《やっかいばら》いして困っちゃうの、絶対、君のほうだし』

叫ぼうとした雛花の口を手で押さえた青年の、妙な自信に溢《あふ》れたこの言いように、雛花は目を剝《む》く。

「だって!　あなた!　男じゃないの!?」

『うん、男だね』

(だったら自動的に不審者でしょうが!?)

呆気に取られて顎《あご》を落とす雛花の前で、『あれぇ、信じてくれないの?』と深衣の袖《そで》を

ひらひら振っていた青年は、困ったように口を尖《とが》らせた。

『じゃ、仕方ないなあ。これで信じてくれる？』

何か言い返す暇もない。

青年の姿は、見る間に闇に溶《と》け崩《くず》れた。さらに、同じ場所から出現したのは、今度こそ見覚えのあるもの。

白い鱗《うろこ》の蛇身《じゃしん》、黄金のたてがみ。先ほどの青年と同じ、澄《す》んだ孔雀緑の瞳。

見間違《みまちが》いではない。白い龍――女媧娘々が、すぐ枕元《まくらもと》に顕現している。

「……うそ」

絶句する雛花の前でくるりと身をくねらせ、白龍《はくりゅう》は再び青年の姿に変じてみせた。

『百聞《ひゃくぶん》は一見《いっけん》にしかずっていうじゃない。なんかさあ、伝承ってあてにならないよねえ』

「あてにならないっていうか！　だって、伏羲真君《ふっきしんくん》の妹の女神ってことは、つまり女性以外にあり得ないはずで、って……えええ!?」

神話はたしかに真偽《しんぎ》を判じようがないものだけれど、性別まで違うのはいくらなんでもいい加減すぎる。

（誰よ槐帝国《かいていこく》の正史編纂《せいしへんさん》した人!?　ちょっと出てきて説明なさい！　いえ、むしろ妹って男でも妹なの!?　いや、自分で何言ってるのか分からなくなってきたけど。そもそも名前に『女』って入ってるのに詐欺《さぎ》でしょ）

むしろ夢であってほしかった。

（たしかに、前に女媧娘々を召喚《しょうかん》できた時にも、本当に女性？　なんて思ったけど……けど！）

まさかの女媧が男性だったという現実を直視できない雛花に、空気を読む気がないのか混乱に気づいて無視しているだけなのか、『やだなあ』と青年――否《いな》、女媧はのほほんと続ける。

『なんだかなー。君たち人間てさぁ、すぐ目に見えるものばっかり信じたがるよね。ひょっとしたら僕が偽《いつわ》りの姿を取っていたり、趣味《しゅみ》で男装してるだけだったり、はたまた異常にいかつくて胸の平たい女性だったり、ってのは考えないのかなあ』

「……そうなんですの？」

『さて、どうでしょう。あ、けど最後のはないやゴメン』

へらりと笑って流すと、彼は『それでさ』と勝手に話題を変えてしまった。

『君が僕を呼んでくれた理由についてなんだけど。何が、知りたかったんだい？　僕の力を、うまく使えないことについて？　それとも、君たちの傍《かたわ》らに潜《ひそ》む、窮奇について？』

「……」

性別に関しては納得《なっとく》し難《がた》いまでも、いつまでもこだわっていても話が進まないので、仕方なく雛花が譲歩《じょうほ》するはめになる。

「どちらもよ」

諦めて睨《にら》む雛花に、『なるほどね』と彼は淡く笑んだ。

『天后の力を使えないのはね。君に問題があるわけじゃない。強《し》いて言うなら、僕のほうの都合……かな？』

「……あなたの？　何か困ったことがあったの？」

それは、二十年も不在にしていたことと関係があるのだろうか。首を傾げる雛花に、『すいぶん優しい訊《き》き方するんだねえ』と感心したように呟くと、女媧はふわりと宙を蹴って、雛花の周りを泳ぐように回った。まるで水中を舞《ま》う鯉《こい》のようだ。

『まあ、問題はもう解決したから大丈夫《だいじょうぶ》さ。これからは、正しく覚悟《かくご》を定めて犠《にえ》を捧《ささ》げれば、僕がいつでも力を貸すよ。気が変わらなければね』

気が変わらなければ。

それは、気が移ろう可能性を示唆《しさ》した台詞《せりふ》だ。彼の様子を見て雛花は悟《さと》る。信用できるかどうか見分けるのは、神相手といえど、人間の感情や気配を読む時と同じだと。

（なるほどね。女媧娘々……って、男に娘々ってつけるの変な感じよね……彼は、この件について本心を言うつもりがないんだわ。……どうしてかしら）

口許に手を当てて思わず考え込みかけた雛花は、くるりと前方に回って顔を覗《のぞ》く女媧に『ほらほら、質問はそれだけでいいの？　力の効果的な使い方も訊《き》きたいんじゃないっけー？』と急《せ》かされ、思考を中断させられる。

「それは、……聞かせていただけるのなら、是非《ぜひ》お願いしたいですわ」

『うん。あ、でもひとつ条件があるなあ』

「……条件？」

身体を犠牲に捧げろとでもいうのだろうか、と身構える雛花に、『難しいことじゃないよ』と女媧は手をひらめかせた。

『こうして僕と話したこと、話せたこと、そもそも君の前に僕が顕《あらわ》れたこと。誰にも言わないで』

「え？」

『特に皇帝……というか、伏羲には』

それが守れたら、僕に教えられることはいくらでも教えてあげるよ、と微笑む女媧に、雛花はしばし悩む。

「それがどうしてか、理由を訊いても？」

『会いたくないし知られたくないからだよ』

なぜ、や、何を、という追及を拒《こば》む回答をされた。つまり、何も言いたくないということだ。しばし逡巡《しゅんじゅん》したが、雛花はすぐに頷く。

「よろしくてよ。条件を守ります」

裏事情はおいおい探るにしても、今はちゃんと天后の力をものにするほうが優先だ。交《こう》渉《しょう》成立だね、と女媧は嬉《うれ》しげに笑う。

『それじゃあ、効率のいい力の使い方だけど。基本は君が知ってるのとおんなじなんだけどねー、たぶん、君たちは僕らの力を、〝文字で森羅万象《しんらばんしょう》を操《あやつ》る〟程度にしか認識《にんしき》してないんじゃないかな』

「違うんですの？」

『正確にはね。だってさあ、きみたちが使おうとしている力の仕組みを考えてもごらんよ。伏羲は経《たていと》、女媧は緯《よこいと》を紡《つむ》ぎ出して織り上げたのが、この世界——桃華源《とうかげん》なんだよ？　男神と女神は、ふた柱でひとつ。そして糸の縦は容《よう》、横は韻《いん》。じゃあ、容と韻って、そもそもなーんだ？　ってところからさぁ』

「容は意味、韻は音、よね」

『そうそう。それが君たちが世界に干渉《かんしょう》する力の原点だ。じゃあ、がむしゃらに行き当たりばったりで文字を書きまくって、効果が出せると思う？』

視線を落として考え込んでいた雛花は、顔を上げて女媧を見た。

「皇帝の力は容《いみ》、天后の力は韻《おと》なんだったら、お互《たが》いが容と韻を司《つかさど》るような文字を連携《れんけい》して使う時が一番強い……ってこと？　たとえば、【問《とう》】っていう力を使いたければ、【門】を天后、【口】を皇帝が書く、とか」

『あたり。察しがいい生徒だねぇ』

にっと満足そうに微笑まれ、雛花は戸惑った。

つまり、真《しん》に力を使いこなすためには、皇帝である志紅と心を通じ合わせることが必要不可欠になるということ。

（それは、……ずいぶん、難関だわ。以前ならいざ知らず、今のわたくしには）

苦《にが》りきった顔をする雛花に、ぷかぷかと夜陰の上をさまよいながら『まあ、それだけが僕らの力の本質じゃないんだけど、とりあえずの基本のキはねー』と女媧がしたり顔で人差し指を立てる。

『ああそうだ、あと、身体の一部を捧げる時、その捧げた部位に関連する字を使うと威《い》力《りょく》がもっと大きくなるよ？　たとえば【問】を書くなら、【口】に関しての文字だから、唇や歯を捧げると相乗《そうじょう》するよね。ついでに、失えば命に関わるところであるほど力が増すって法則もそれに上乗せされるから』

先ほどの【問】ならば、【門】を雛花、【口】を志紅が担当して、各々《おのおの》が舌や歯――どちらも、人体の急所のひとつだ――などを捧げよ、ということか。

「それじゃ、次の質問。四凶の、窮奇の弱点を教えていただきたいの。今、まさに後宮に潜伏《せんぷく》されてしまっているのだけど……渾沌《こんとん》に囚われてしまった人も含めて、誰も犠牲者を出さずに窮奇を見つけ出して倒したい。うまいやり方はないかしら」

『窮奇かあ、懐《なつ》かしいねぇ。元気してる？』

「懐かしい……？　ええと、知り合いじゃないからなんとも言えませんけれど、はるばる桃華源《とうかげん》までわたくしを殺しに来るくらい元気でしょうから困ってるのよ」

珍妙《ちんみょう》な問いに思わず頓珍漢《とんちんかん》な応じ方をしてしまう雛花だったが、その後すぐ、女媧はきちんと疑問に答えてくれた。

『あいつの弱点はね。まずは、一度誰かと入れ替わったら、本物が渾沌の中で自然に死なない限り、渾沌に戻れないことかな。当然、改めて他の人間になることもできない』

「それじゃ……渾沌にいるあいだは、姫君は無事だということ？」

『断言はできないけど、あっちとこっちは色々違うし、そうそう死にはしないと思うよ。窮奇を倒して渾沌に送り返せば、同時に本物も還《かえ》ってくるはずさ。ついでにあいつはねえ、化けの皮を剝《は》がされた瞬間に一番隙《すき》ができるんだ。皇帝や天后以外の攻撃でも通用するくらいね。いつわりを好み、真実を見極められるのを最も嫌うけだものだから』

「なるほどね。じゃあ、正体を看破《かんぱ》さえすれば、倒すことができるってこと？」

『簡単に言うけど、それだけ、ものすっごく変幻の術に長《た》けているってことでもあるからね。腐っても四凶なんだってば。天后ひとりの力では、どうあっても看破できないね。断言したっていい』

「さっき言ってた、皇帝との協力が、必要不可欠ってわけ……？」

『そういうこと。あと、忘れてるかもだけど、窮奇の目くらましを打ち破るほどの文字を書けば、消耗《しょうもう》するのは君たちも一緒だから。窮奇も弱るけど、皇帝や天后もヘトヘトだ。あとは楽勝！　なんて思わないほうがいいよ』

（つまり、文字の力を使って窮奇の術を破った後は、兵や令牌術士《れいはいじゅつし》との連携も必須《ひっす》、ってこと……うまく彼らを指揮するなんて、わたくしじゃ無理。そんなことができるのは）

つい最近まで禁軍《きんぐん》で儀同将軍《ぎどうしょうぐん》をやっていた、志紅《しこう》くらいのものだろう。

（本当に、弱ったわ……）

雛花の頭はさっそく痛くなってきた。

「だいいち、見極めるったって……どうすれば」

（やっぱり【見】ることに繋がる文字が弱点になるのかしら。でも、そんな単純なもの？）

否、そう単純でもないのかもしれない。なにせ、「みる」という字は多い。観、見、診、看、視……。

（だとすれば、捧げるのは目になるんでしょうね。また、痛いところを……。それに、【見】るだけで大丈夫かといえば……）

視線を伏せてじっと考え込んでいた雛花は、知らないうちに女媧が己の前に回り、じっと正面からこちらを見つめていることに気づかなかった。

『ね。これからはさ、いつでも呼んでよ。僕の天后。次からは、面倒な呪《じゅ》なんていらないから。一言、名前を呼んでくれれば事足りる』

すっと顔の前に影が落ち、雛花は一瞬、目を瞠《みは》った。

額に、濡れた柔らかい感触《かんしょく》。

あまりに自然に口づけられた雛花は、反応することもできず、しばし固まった。

『最後の血のひとしずくまで捧げるといいよ。大事に、してあげるから』

その言葉を終《しま》いに、女媧の姿はふっと掻《か》き消える。

後にはただ、誰もいない薄暗い部屋に、窓から月の光が射《さ》すばかりだった。まるで夢まぼろしの如《ごと》しだ。

(なんだったの……)

呆然と、掛け布を握りしめる己の手を見つめていた雛花は、そこで隣の部屋から届いた闇を切《き》り裂《さ》く大音声《だいおんじょう》にぎょっと肩を竦ませることになった。

「今度はなに!?」

すわ窮奇かと寝台を飛び下りかけたが、声の正体は「おぎゃあん」という響きで明らかになる。

一時《いっとき》途切《とぎ》れていた四妃の夜泣きが再開したのだった。

（い、一睡《いっすい》もできなかった……）

――悪夢のような育児後宮《いくじこうきゅう》の開始から一夜が明けた。

むくりと寝台の上に身を起こした雛花《すうか》は、続き間からげっそりと肩を落として入ってきた珞紫《らくし》に、のろのろ顔を向ける。

「ねえ珞紫。一歳児ってなんでしょうね。きっちり三刻ごとに目が醒《さ》めて泣くよう体内にからくりでも仕掛《しか》けられてるのかしらね。わたくしもそれくらいきっちり時間管理ができるようになりたいものだわ。共鳴する一歳児と三歳児の輪唱《りんしょう》ぶりも素晴らしいわよね。お二人とも、よく通るイイ声をしておいでだこと」

「むしろ娘々《にゃんにゃん》のその前向きな捉え方が羨《うらや》ましいですよ」

乳幼児のお世話の壮絶さを舐《な》めていた。返すがえすも見込みが甘すぎた。蜜《みつ》がけの砂糖菓子《がし》もびっくりの甘さだ。

とにかく眠い。ぼんやりしつつ寝台から下りた雛花は、着替えを手にして歩いてきた珞紫と顔を見合わせる。お互い目の下が青黒い。揃《そろ》って見事な隈《くま》になっているようだ。

「……ねえ、わたくし考えたんだけど。どうせ一時《いっとき》も目が離せないなら、もういっそ、昼間は全員一室に集めちゃったらどうかしら」

「わー奇遇《きぐう》ですねー。私も同じこと考えてました……」

衣装を着付けてもらいながら、今後どうするかを軽く打ち合わせる。当然、頭は働いていない。しかし、かろうじて残っていた理性で、装《よそお》いとして飾りの少なく軽い萌黄《もえぎ》の襦《じゅ》を選び、汚《よご》れの目立たない臙脂《えんじ》の裙《くん》を合わせておく。引っ張られないよう披帛《ひはく》も省き、動きやすく紐《ひも》で袖を縛《しば》った。髪もできるだけ飾りをつけず簡単に結い、ほぼ肌身《はだみ》離さず身に着けている、七宝《しっぽう》胡蝶《こちょう》の簪《かんざし》だけが紺碧《こんぺき》を帯びた黒髪を彩《いろど》っている。

（ね、眠い……けど！　なせばなる、っていうか、どうにかしなきゃ！）

雛花は腕まくりして気合を入れ——かくして、本日も保育後宮が始まった。

ふらふらしながら、四妃《しひ》たちを集めにかかる。職務外であるにもかかわらず、見かねた兵たちも手伝ってくれたが、案の定、なかなかうまくいかない。

やっとのことで全員集め終わると、予想どおりというか、室内はよく言えば賑《にぎ》やか、有《あり》体《てい》に言えば大音声《だいおんじょう》大絶叫の大合唱、阿鼻叫喚《あびきょうかん》の間と化した。

「珞紫、悪いけれど桐賢妃《とうけんひ》さまのお獅子《しし》おどりに付き合って差し上げて!?　ご本人は楽しそうだけど激しすぎて事故の気配がするのよ、わたくし手が回らなくて！」

「知ってますけど茗貴妃《めいきひ》さまが扉から脱走を試みてこっちも手が離せないんですー！　あっ転んだ、頭打った、こっちも泣いた、詰んだ」

「きゃー葵淑妃《きしゅくひ》さま壁に落書きなさらないで！　どこから墨《すみ》なんて持ってらしたの!?」

「もう、うるさいですっ！　みみ、こわれちゃう！」

「李徳妃《りとくひ》さまごめんなさい！」

どうにかなると思っていたらとんだ見込み違いだった。

「茗貴妃さま、どうしてお食事召《め》し上がらないの⁉　いやーっ器《うつわ》をひっくり返さないで！　そして顔に向かって噴射《ふんしゃ》しないで、匙《さじ》を取らないで投げないで！」

やわらかく煮込《にこ》んだ粥《かゆ》をひっくり返された雛花は半泣きで呻《うめ》いた。背後では相変わらず、各種破壊《はかい》活動が続いている。

一秒たりとも目が離せない乳幼児が四名である。対してお世話をするのは、子供を産んだこともない少女が二名。

（これ本気で、乳母《うば》なしでやってけるの⁉　っていうか無理でしょう⁉）

乳母たちは、間もなく後宮を辞《じ》す挨拶《あいさつ》に来るはずだ。

お手上げだった。

絶望の二文字がまぶたの裏でちかちか明滅《めいめつ》し、だんだん意識が朦朧《もうろう》としてきた。ぴよぴよとひよこが頭の中を駆《か》けずり回《まわ》っている錯覚《さっかく》がする。

「も、限界……誰かたすけて――」

頭から粥まみれになりつつも、腕に泣《な》き叫《さけ》ぶ茗貴妃を抱え、自分ごとゆらゆら揺《ゆ》らしながら、床にへたり込んだ雛花が呟《つぶや》いた、瞬間。

「話は聞いたよ‼」

ばん、と扉が開け放たれ、頼もしい声が室内に響いた。

聞き覚えのあるそれの持ち主は、他に間違いようもない——

「灰英《かいえい》!? じゃ、なくって呉昭容《ごしょうよう》!」

突如《とつじょ》として現れたその人は、ボロボロの雛花の目に、燦然《さんぜん》と後光を放っているようにすら映る。

さらには、その後ろから、老婆《ろうば》の妃嬪《ひひん》軍団がぞろぞろと列をなして入ってくる。雛花は呆然と口を半開きにし、ついでに隣で同じく白い灰と化していた珞紫と顔を見合わせた。

「えっ、なんで……!?」

(っていうか灰英、耄碌《もうろく》の演技はどうしたの!?)

志紅《しこう》や珞紫の目を欺《あざむ》くため、灰英はとぼけたお芝居《しばい》をしていたはずだし、他の妃嬪たちも同じだったはずだ。しかし、淡い紫《むらさき》の双眸《そうぼう》にきちんと理性の色を乗せている今の彼女は間違いなく素《す》に見えるし、他の妃嬪たちもきびきびと動いている。

「ちょっと事情がね。というか、すぐに分かると思うけど。……さて、と。おや、よく泣いてるねえ」

灰英はおもむろに、泣いてじたばたと暴れていた茗貴妃を、雛花の手からひょいっと取り上げた。

「おおよしよし、この婆《ばば》ぁが来たからにはもう安心だよう。ああ、おしめが濡れているねえ、これは気持ちが悪かったねえ」

そして、自失していた雛花や珞紫にてきぱきと指示を出すと、他の妃嬪たちとともに、あっという間に手慣れた様子で四妃たちの面倒を見始めたのだ。

先ほどまで惨憺《さんたん》たる様相を呈《てい》していた室内は、そうこうするうちに——いつの間にか、老女たちがみどりごを朗《ほが》らかにあやす、なんとものどかな光景に早変わりしていた。

二人きりで頭を抱え、てんてこまいしていた雛花と珞紫は、あまりの落差についていけず呆然と口を半開きにするばかりだ。ここは洞天《ごくらく》かと思ってしまった。

「……老婦人ってすごい……知識と貫録《かんろく》と経験を兼《か》ね備《そな》えて、子守《こもり》までできるってなんなの。最強すぎませんこと。でも、仮にわたくしが歳《とし》を取っても、ただの枯《か》れ枝《えだ》みたいな嫉《しっ》妬偏屈老害婆《とへんくつろうがいばばあ》になるだけで、ああなれるとはとても思えないんだけども」

「さりげなく自虐《じぎゃく》お疲れさまです」

「そうだわ珞紫。ここに、引退された世代の奥さまたちを募《つの》って、若いお母さまを補佐《ほさ》してもらうような制度を作ったらいいような気がしない？」

「……素敵なご提案だと思いますけど、ここが後宮だってお忘れじゃないですかね、娘々。むしろ私、そもそも後宮ってなんだっけ、って概念《がいねん》がだんだん崩壊《ほうかい》してきました」

「奇遇ね。わたくしもよ」

こんなふうに無駄口《むだぐち》を叩き合える余裕が素晴らしい。

しばらくぼんやりしていた雛花だが、「そうだわ」と手を打った。

慌てて、子供を抱えたままの灰英の袖を引っ張って部屋の隅《すみ》に連れて行き、こそこそと耳打ちする。あからさまに怪しいが仕方ない。

「か、灰英。……さっきは訊《き》きのがしてしまったけれど、どうしてお芝居をしなくても平気なの？　それに、ここにいたらあなたたちにも危険が……」

役立たずの姥捨《うばす》て後宮と見せかけて、そこに集《つど》った彼女たちが実は有能な職歴集団なのだと志紅に知られてしまっては、雛花の味方を全力で削《けず》りたい彼がどう出るやら。最悪、解散させられてしまいかねない。もちろん、安全上の問題もある。だからこそ雛花は、子守について妃嬪たちに協力を求めなかったのだ。

（ここに灰英たちが来て、珞紫の前でも素のままで話してるってことは、まさか……）

おそるおそる尋ねた雛花に、四妃たちをあやす手を止め、「みんな危険は承知の上だよ」と灰英はひょいと肩を竦《すく》めた。

「そんで、もうバレちまってるってことサ。状況を知って、ここであんたを手伝うよう指示を出したのが、あんたが考えているとおりの御方《おんかた》だからね」

そう言って少し身体を避《よ》けた灰英の背後から現れた人物に、雛花は今度こそあっと声を上げた。

「紅兄《こうにい》さ……志紅!?」

五爪《ごそう》の龍を金糸で刺繡した、禁色《きんじき》の黒の龍袍《りゅうほう》を身に纏《まと》った彼は、なんでもないように室内に入ってくる。

「大丈夫？　小花《しょうか》。昨晩はあまり眠れなかったと報告を受けているけれど」

「あ、いえ……今、平気になりました」

「そう。よかった。それから、呼び方は『紅兄さま』のままでいいのに」

ごく自然に心配されたので、思わず普通に応じてしまった雛花だが、最後の一言にはっと我《われ》に返る。

「目の下が青いね。だいぶ疲《つか》れているみたいだ」

長い指が頰に触《ふ》れようと伸ばされるのを、とっさに雛花は払《はら》いのけた。

「な、何を企《たくら》んでいるんですの」

「人聞きが悪いね。特に何も」

「嘘だわ。あなたが、なんの裏もなく、灰英たちのことを知って放っておくわけがないもの。ましてや、彼女たちに声をかけてわたくしを助けてくれるなんて……」

灰英や他の妃嬪たちがここに来てくれたのは、志紅の意を受けてのことだという。

うろたえつつも、救われたのは本当だ。

反応に困っておろおろする雛花に軽く息をつくと、志紅は「そうしたいところなんだけどね」と静かに笑んだ。

「精神的に逃げ道を塞《ふさ》いでも、肉体的に追い詰めたいわけじゃないから」

「前半まったく聞き捨てなりませんけど⁉」

「助けないほうがよかった？」

「……ありがとうございます感謝はしています」

「感謝は、ね」

志紅は微笑《ほほえ》んだ。雛花を見つめる緋色《ひいろ》のまなざしは柔らかく、どうにも居心地《いごこち》が悪くなる。油断ならない相手に借りを作ってしまった、と憮然《ぶぜん》とする雛花に、志紅はしれっと追い打ちをかけてきた。

「それに、きみが懇意《こんい》にしている者を複数名、手元に置いておくのは、俺にとってもそう利のない話じゃないんだよ。そう言えば納得してくれる？」

「え？　……ああ」

そういうことか。

声音《こわね》こそ変わらず穏やかな志紅の言葉に、雛花はすっと表情を凍《こお》らせた。

（わたくしが女媧《じょか》の力を自由に使えるようになったら、物理的には後宮に閉じ込めていられないものね。つまり、逃げ出せば灰英たちをどうするか分からないぞ、と。……わたくしに対する人質《ひとじち》、ってことね）

相変わらず、嫌な手を使ってくるものだ。

「あら、そう。では遠慮《えんりょ》なく、お力をお借りしますわね」

視線を逸《そ》らした雛花に、「そうしたらいい」と志紅も短く返した。ひょっとしたら、今この場でその話をしたのは、雛花が遠慮なく差し出された救いの手を取れるように配慮《はいりょ》してくれたのかもしれない……とちらりと思ったが、それこそ甘すぎる考えだと振り払う。

不意に、ふわりと髪を撫でられ、雛花ははっと隣を見上げた。

「今の俺が、きみにとって信の置ける存在じゃなくなったのも、きみが人一倍、頑張り屋なのもよく知っているけれど。それでも、困っている時に助けてあげられないほど、冷血でもないつもりだよ」

「……」

「頼《たよ》らなくても信じなくてもいいから、せめて利用するくらいはしてほしいな」

頬を滑る手は優しく、けれど低い体温の指先はひやりと冷たい。

その言葉は嘘か真実か。いや、仮に嘘だとしても。

(……そうやって自然に気遣《きづか》ってくれるところは、昔から変わらないのね。紅兄さま)

孔雀緑《くじゃくみどり》の眼で睨《にら》みつけると、見返してくる緋色の双眸《そうぼう》は笑みの色を濃くした。

3 幼馴染の微妙な距離感

「確認《かくにん》ですけれど、本当にここで寝泊《ねと》まりするおつもり……？」

「何度確認しても同じだから繰《く》り言《ごと》になるけど、本当にそのつもりだよ」

格子細工《こうしざいく》の漏窓《ろうそう》から、すっかり紺色《こんいろ》になった空を見上げていた雛花《すうか》は、おもむろに振り返り、背後にたたずむ年上の幼馴染《おさななじみ》に探《さぐ》るようなまなざしを投げる。

（まあ、『白澤図《はくたくず》』によれば、幻惑《げんわく》を得意とする窮奇《きゅうき》は、四凶《しきょう》の中でもことさら夜の闇《やみ》を好むというし。警戒《けいかい》を強化すべきって理屈《りくつ》は分かるのよ。分かるんだけど……）

なお、お互《たが》いに身を清めた後だったので、今は当然のこと夜着姿だ。頼《たよ》りない単衣《ひとえ》だけで異性の前に姿を曝《さら》すわけにはいかないので、雛花のほうは上から厚手の肩掛《かたか》けを羽織っているが、まったくもって落ち着かない。

訝《いぶか》しげな深緑のまなざしを受けた志紅《しこう》は、つゆほども動じずに、にっこりと微笑《ほほえ》んだ。

「本当は昨日から来たかったんだけど、政務が立て込んで難しかったから。そもそもここは、俺がいてもなんの問題もないはずの場所だしね」

「……まあ、そうなんですけれど！」

ここは後宮《こうきゅう》で、つまりは皇帝《こうてい》のための花園《はなぞの》。簒奪者《さんだつしゃ》とはいえ、彼は現在間違《まちが》いなく後宮の主《ぬし》なのだ。ここにいることになんの不思議もない。それはそうなのだが。

「そうよ、その、お仕事がお忙《いそが》しくていらっしゃるんでしょ？　今晩だって、わざわざお運びになることもなかったのに。誰《だれ》に歓迎《かんげい》されるわけでもなし。昼間あなたがどれだけ醜態《しゅうたい》を演じたかもうお忘れになったの」

「それを指摘《してき》されると痛いな」

さほど痛くもなさそうな顔で頷《うなず》く志紅の真意は知れない。

なお、昼間の醜態とは、「突っ立ってるだけなら短時間でも手伝ったらどうなんだい」という旨《むね》の灰英《かいえい》の文句を受けて、一応子守《こもり》に参加しようとしたこの男が、四妃《しひ》すべてに身も世もない大絶叫《だいぜっきょう》を以《もっ》て拒絶《きょぜつ》された件である。

泣きわめく乳幼児たちに珍《めずら》しく困り果てた様子の志紅を眺《なが》め、雛花は、そっと日頃《ひごろ》の鬱《うっ》憤《ぷん》を晴らしたのだった。今も、狼狽《ろうばい》したあの顔を思い出すだに愉快《ゆかい》な心地《ここち》になれる。

「子供は気配に聡《さと》いというから、何か察するところがあったのかもしれませんわね。嫌《いや》だこの人危ない怖《こわ》い、みたいな」

「それはどうも。子供に泣かれるだけで、きみがそうやって楽しい気分になってくれるなら、あの時間も無駄《むだ》じゃなかったかもしれない」

「なにそれ」

いやに前向きな志紅の台詞《せりふ》に、雛花は思わずぷっと噴《ふ》き出してしまってから、我《われ》に返って口許《くちもと》を押《お》さえる。不覚を取った。

(しまった)

ここは、翠帳紅閨《すいちょうこうけい》で彩《いろど》った、あの皇貴妃《こうきひ》の室《へや》でこそないけれど。それでも同じ後宮の、泰坤宮《たいこんきゅう》の一室で。かつて暮らしていたあばら家《や》のような小離宮《しょうりきゅう》とはほど遠い、貴重な灯《ひ》を惜《お》しげもなく点《とも》し、豪奢《ごうしゃ》な絹張りの寝台《しんだい》や、螺鈿細工《らでんざいく》の小卓《しょうたく》が並ぶ光景だけれど。

少しだけ。

昔のような、空気が流れた気がして。

(……油断したわ)

これ以上は、いけない。彼に気を許してはならない。雛花はため息をつくと、「とにかく。この室に泊《と》まるのは間違いありませんのね?」と念を押した。

警戒心剝《む》き出しの雛花の様子に、志紅はわずかに首を傾《かし》げる。

「何もするつもりはないよ。……信用できない?」

「そ、れは」

彼の緋色《ひいろ》の瞳《ひとみ》は凪《な》いでいて、窮奇に狙《ねら》われているという雛花の身の安全のため以外に、本気で含《ふく》みがなさそうだ。その点は、信じられるのだが。

「この間は、きみから大胆《だいたん》に誘《さそ》ってくれたのに？」

「その件は可及的速《かきゆうてきすみ》やかに記憶《きおく》から抹消《まつしよう》してくださいませ」

心のうちを言葉にしあぐねて黙《だま》っているうちに、からかうように告げられ、雛花はまた真っ赤になった。

（だって。灰英の口車に乗せられて……うっかりお酒を呑《の》んで、あの時）

酒に弱い雛花は、訪ねた先の志紅に壮絶《そうぜつ》な絡《から》み方をしたあげく——褥《しとね》に押し倒され、唇《くちびる》を奪われた時の甘《あま》い感触《かんしよく》を思い出し、たちまちぼっと鬼灯《ほおずき》のように頬《ほお》が染まった。

間近に見た彼の、熱を孕《はら》んだ緋色のまなざしや、影《かげ》を落とす長い睫毛《まつげ》、整った白皙《はくせき》のおもざし。小花《しようか》、と呼ぶかすかに掠《かす》れた声。

すべてが雛花にとっては未知のもので、けれどたしかに、秘めた艶《つや》があった。意識してこなかっただけの、彼の、男の顔が。

（もしそういうつもりがなくて、そういうことではないんだとしても！　だからってそんなの、嫌でも、……思い出すじゃない！）

熟《う》れた頬の色を彼に知られたくなくて、雛花はわざとらしく志紅から顔を背《そむ》ける。

そしてふと、あの夜のことを話題にするのは、お互いに初めてだなと気づいた。特に申し合わせたわけでもないのに、雛花からも志紅からも、言葉に乗せたことはない。

——あの口づけが示すところの意味を。

その後、もしかしたらこの身に起きていたかもしれないことを。

雛花はいまだ、彼に訊《き》けずにいる。

「大丈夫《だいじょうぶ》。さすがに同じ寝台で眠《ねむ》る気はないよ。俺はあっちの長椅子《ながいす》を使うから」

二の句が継《つ》げず黙り込んだままの雛花に苦笑《くしょう》し、志紅が先手を打ってきた。彼が示した先にあるのは、少し小ぶりな紫檀《したん》の長椅子だ。

「えっ。……でも」

長椅子にも綿の入った絹の敷物《しきもの》はあるが、それでも寝台に比べればずいぶんと堅《かた》いし、寝苦しいだろう。

「それは申し訳ないもの。あなたは寝台で寝て。わたくしが長椅子を使いますから。わたくしのほうが身体《からだ》が小さいから楽なはずですし」

「気遣《きづか》ってくれるの？　嬉《うれ》しいね」

「あなたじゃなくて、あなたが体調を崩《くず》した時に割を食うだろう官吏《かんり》たちを心配していますの」

からかうような口調の志紅を、雛花は強《し》いてぴしゃりとはねつけた。彼は静かに笑《え》んで、

「平気だよ」ときっぱり断る。

「俺はこれでも鍛《きた》えているから。なんなら床《ゆか》で寝ても別に問題ない」

「……それは、そうなのでしょうけど」

雛花は、しばし悩《なや》んだ。

志紅の口調は柔《やわ》らかい。だが、彼がこんな風にはっきりと意志を示す場合、絶対に何があろうと頑《がん》として引かないことを、雛花は経験上よく知っていた。

（そもそも、こんなふうに同じ部屋で過ごさないといけないこと自体不本意なわけだし。ここはありがたく気遣いを頂戴《ちょうだい》して……っていうのが、妥当《だとう》なのでしょうけれど）

――どうしようか。

しばらく悩むはずだったのに、その言葉は、ぽんと口から転がり出ていた。

「じゃあ、この寝台で一緒《いっしょ》に寝ればいいじゃない」

「……は？」

その申し出を受けた志紅は、たっぷり数十秒は固まっていただろう。

やがて、額に大きな手を当てられる。

「熱はないんだ」

「失礼ね。乱心《らんしん》じゃありませんわよ。ついでに妙《みょう》な意味もなくてよ」

節くれだった指の感触に、少し心臓が跳《は》ねたのに気づかないふりをして、雛花はその手を乱暴に払《はら》いのけた。

「昔は同じ寝台で、布団《ふとん》で、一緒に転がって眠ったこともあるじゃない。いまさらわたくしが、あなたに何を意識するというの？　そうでしょう、〝紅兄《こうにい》さま〟？」

あえて使わないようにしていた呼称《こしょう》をつければ、志紅は軽く瞠目《どうもく》した。

（そ、そうよ。せっかく昔のことを思い出したなら、ついでにそこも昔に戻ったと思って割り切っちゃえばいいんだわ！　今は幼い頃《ころ》、おさないころおさないころ……で、ここはお母さまの宮で、この人は昔の紅兄さま紅兄さまこうにいさま……）

雛花としては、必死に自己暗示をかけながらの決死の発言だったのだが、そんなことは知りようもない志紅は、たっぷり間を置いてから視線を床に落とした。

「……ああ。そうだったね。いまさら男として意識しようがない、か」

なぜか、返事にわずかな落胆《らくたん》の色が見え、雛花は目を瞬《まばた》いた。

（？　そんなに長椅子で寝たかったのかしら？　まさかね）

とにもかくにも同意を得たのだからと、雛花は「それじゃあ、そういうことで」と一言断って、先に寝台にもぐり込んだ。できるだけ奥《おく》のほうに寄ってから、ころんと転がって壁《かべ》に向き合う。仰向《あおむ》けになれば、寝顔《ねがお》を見られてしまうかもしれないし、それ以前に自分こそが彼の顔を見られない。

寝台がわずかに軋《きし》み、彼が自分の後に続いたのが分かった。背中に、同じ布団の中に、志紅がいる。急に耳が熱くなり、雛花は身を丸めてぎゅっと目を瞑《つぶ》る。

「こっちを向いてもらってもいい？」

身体の上に影が落ち、そっと耳許《みみもと》で囁《ささや》かれる。吐息《といき》まじりの声が頬に触《ふ》れ、雛花は上げかけた悲鳴を呑み込んだ。

「……お断りですわ！　ちょ、ちょっと、こっちに寄ってこないでくださいませ！　なな、何もしないんじゃなかったんですの!?」

「そのつもりだよ。きみこそ、多少近づいたくらいで何を気にしているの？　昔はよく、寝台の上で俺に抱《だ》きついてきただろう。雷《かみなり》が鳴った時とか、怖い話を聞いた時とか。そうだったね、〝小花〟？」

意趣返《いしゅがえ》しのように、強調して愛称《あいしょう》を呼ばれた。その声が笑い含みで、どこか皮肉っぽく感じられて、雛花はかちんとくる。

「ああはいはいそうでしたわね！　嫌だ、意識なんて全っ然してませんわよ!?　そちらこそ何を勘違《かんちが》いしていらっしゃるのか存じ上げませんけれど！」

(寝台で抱きついて……って、まあ、そうだったけど！　そうなんだけれども！)

幼い頃に飛んで戻って、当時の自分を彼からひっぺがしたい衝動《しょうどう》に駆《か》られるが、無論できるわけがない。苛立《いらだ》ちのままに、雛花はことさら勢いをつけてぐるんと彼を振り返り、憎《にく》たらしいことを言ってくるその顔を睨《にら》み上げる。

――あっという間に、非常に後悔《こうかい》するはめになった。

濃灰《のうかい》の単衣の夜着を着付けただけの彼は、半身を起こし、すぐ上からこちらの顔を覗《のぞ》き込んでいるところだった。

湯浴《ゆあ》みをした後だからか、赤みがかった黒髪《くろかみ》はわずかに湿《しめ》り、浮《う》き出《で》た喉仏《のどぼとけ》や袷《あわせ》から覗く鎖骨《さこつ》に絡んでいる。見慣れたはずの、切れ長の緋色の眼《め》。薄《うす》い唇が刻む、淡《あわ》い笑み。──天蓋《てんがい》の下で陰影《いんえい》を濃《こ》くした、整ったその顔かたち。

すべてがこの距離《きょり》からだとあまりに近く。雛花は慌《あわ》てて視線を逸《そ》らす。

(ああもう、だから！　な、なんなの、この色気は……!?)

早く灯を消しておくんだった。熱を持った頬の色を見られてしまっているかもしれない。もし指摘されれば、部屋が暑いせいだと言い訳をしようと、いらない気を回してしまう。

しかし、ここで目を逸らせば「意識しています」と宣言するようなもので、負けた気がして、雛花は努《つと》めて彼を見つめ続けた。

(うう……し、心臓が持たない……。目の毒ってこういう人のことを言うのね……どうしましょう……)

困り果てた雛花は、気遣うふりで彼を追い払おうとする。

「ほ、ほら、くだらない言い合いはおしまいにして、明日に備えて早く寝てはいかが？　わたくしももう眠りますし」

とはいえ、ぎんぎんに冴《さ》えてしまった目では、心地よい夢の世界は遠そうだ。

ふと、動揺《どうよう》を必死に隠《かく》す雛花の頬を、志紅の長い指が辿《たど》る。くすぐったさと羞恥《しゅうち》で固まる雛花にくすりと笑みを漏《も》らすと、彼はもうひとつ、さらにどきりとする誘いをかけた。

「小花、手を繋《つな》ごうよ」

「は？」

　今度は雛花が間抜《まぬ》けな声を出すはめになった。

「い、いきなり、なな、何を言っているのか意味が分からなくてよ!?　不埒《ふらち》なことをおっしゃらないで！」

「そう？　いきなりでもないと思うな。昔のことを思い出していたら懐《なつ》かしくなっただけだから。不埒なのはきみの思考回路じゃないか？」

「ああ言えばこう言う!!　……って、昔のこと？」

「こうやって一緒に休む時は、いつも手を繋いでいたよね。もう忘れてしまった？」

「そんなの……」

（忘れるわけがないわ）

　低い声で紡《つむ》がれる言葉で、まるでさやかな風のように、記憶がふわりと頭の中を吹き抜ける。そう、かつて、何心なくただの幼馴染であった頃は。それこそ兄妹《きょうだい》のように、同じ褥《しとね》で眠ったし、手も繋いで微笑み合っていた。

　当時、三つ年上の少年の手は、雛花よりもずっと大きくて頼《たの》もしかった。

時には、おばけや雷に怯《おび》えて縋《すが》る雛花の背を撫《な》でながら、その子供っぽさを笑うこともなく、志紅はずっとそばについていてくれたものだ。

——忘れられるわけが、ない。

差し出された右手を見つめる。月の光が、しらじらと照らすそれを。

長く形のいい指は、剣《けん》だこがあり、骨ばっている。記憶に残るものよりずっと成長し、いつの間にか、すっかり大人の男性のものになった、彼の。

あの簒奪《さんだつ》の晩——雛花の目の前で、異母兄《あに》を貫《つらぬ》き殺した、手。

「……っ」

生々しく甦《よみがえ》る記憶に、とっさに青ざめて身を引きかける雛花に、「俺が怖い？」と志紅は静かに微笑んだ。

「……怖いだろうね。きみの夢を奪い、翼《つばさ》をもいで鳥かごに閉じ込める男だ」

彼の声には、わずかに自嘲《じちょう》が滲《にじ》んでいた。今顔を見れば、その整ったおもざしを寂《さび》しげに沈《しず》ませているのだろうか。

（だからって、なんだというの）

不自然な状況《じょうきょう》で、昨日はよく眠れていないから、あまり頭も働かない。そんな時に、彼と二人で夜を過ごすことになって。

志紅を労《いた》わる理由も慰《なぐさ》める理由もないはず。不必要に感傷的《かんしょうてき》になり、昔のことを思い出した。それだけだ。

それだけなのに。

「こ、怖くなんてないわ」

気づけば雛花は、自らその手を掴《つか》み取っていた。

(……どうして)

己の不可解な行動に、後付けの理由を必死に考える。

「もともと……怖いわけじゃなくてよ。——許せない、だけ」

そう。からかわれて、むきになっただけ。

懐かしくなんて。あのぬくもりが慕《した》わしくなったなんて。

断じて、あり得ない。

雛花は、彼の眼を見上げる勇気がなくて、つっけんどんに言い置くと、視線を逸らして布団を被り直した。

離す機《いっ》を逸した大きな手は、昔と変わらず少しひやりとして、それでも皮膚《ひふ》一枚の下にある熱をたしかに感じさせて。

「……そう。ありがとう」

志紅は苦笑すると、何気なく指と指を絡ませてきた。

(ひぃっふぅっほ!?)

まるで、夫婦《ふうふ》や恋人同士がするような仕草に、雛花は奇天烈《きてれつ》な悲鳴を上げかける。声に出すのはかろうじて堪《こら》えた。しかし、彼のほうは、どうも本気で無意識だったらしく、びくりと大きく身をのけぞらせた雛花に涼しい声で尋《たず》ねてくる。

「どうかした？」

不思議そうに問われ、雛花は上ずった声で「べっつに⁉」と叫《さけ》んだ。どうも、今度こそ意識しているのは自分だけらしい。

（こ、……この男は、もう！　これ以上いいように振り回されてたまるもんですか）

「わたくし、これから三秒で寝ますわね！　本当ですからね！　おやすみなさい！」

これ以上余計な事態に発展する前に寝てしまおう。雛花は無理やり言い放つと、やけっぱちで布団を引き上げて顔を隠し、ついでに精《せい》いっぱい首をひねって壁のほうに向ける。

ぎゅっと目を瞑り、狸寝入《たぬきねい》りを決め込むことにした。

「……小花？　もう寝たの」

やがて、志紅の問う声が耳に届いたが、もう何があっても返事はすまいと誓《ちか》った雛花は、断固無視を貫《つらぬ》いた。

自分のわざとらしい寝息《ねいき》が闇色のしじまをかすかに震《ふる》わせて、妙に気恥《きはず》かしい気持ちになる。

——と。

くすり、と彼が小さく笑う気配がした。

続けて、指先に、次いで手《て》の甲《こう》に。ひやりと冷たい感触。

(え……)

くちづけられたのだと気づいた雛花は、寝息の演技が乱れそうになるのを必死に押《お》し隠《かく》した。

「おやすみ、〝雛花〟」

(……っ⁉)

呼ばれたのは、子供の頃の呼び名ではなく、本当の名前。

その、意図するところは——?

(な、……っから、それは反則だって言ってるじゃない‼　……言ってはいないけど!)

また妙な悲鳴を上げかけるのを必死に隠し、雛花は頭の中でひたすらに「早く寝てしまえ」と自分に言い聞かせた。

(あ、でも。……ちょっと、本当に、眠くなってきたかも……手が、あったかくて)

昨晩は、四妃の夜泣きで一睡《いっすい》もできなかったせいかな、と考えかけた頃には、坂を転がり落ちるように、雛花はすっかり深い眠りに引き込まれていた。

（今度こそ眠ったのか。……それにしても、狸寝入りが下手《へた》すぎるよ、小花《しょうか》）

隣《となり》で眠る雛花《すうか》の寝顔を、上体を起こしたまま、志紅《しこう》は飽《あ》きることなく見つめていた。

（男と同衾《どうきん》して、ここまで無防備に眠られるのも、少し思うところがないでもないけど）

手を繋《つな》ごうと誘いかければ、照れらしきものが垣間見《かいまみ》えたのは最初だけで、鵞鳥《がちょう》の羽でも毟《むし》るがごとく無造作に摑《つか》み返され。ならばとさりげなく指を絡ませてみると、それすらきれいにかわされるとは。なかなか、この想《おも》い人は手ごわい。

（……そんなに、安全な男をやっていたつもりはないんだけどね。幼馴染《おさななじみ》なんて、役得かと思いきやそうでもない……）

はあ、と深くため息をつく。

正直、年上の矜持《きょうじ》もあって余裕綽綽《よゆうしゃくしゃく》を装《よそお》っていたが、志紅は志紅で「これは幼い頃《ころ》の小花」と自己暗示をかけ続けていた。まさか相手も同じことをしているとは思いも寄らない。

なにせ夜着の袷《あわせ》から覗《のぞ》く真珠《しんじゅ》の肌《はだ》は匂《にお》い立《た》つようで、ほどかれた長い黒髪《くろかみ》とのくっきりとした対比がどきりとするほどなまめかしい。その身体が柔らかいこと、驚《おどろ》くほど脆《もろ》いことは、一度唇を重ねた時に知っている。

「……他の男の前ではやらないでほしいな。させるつもりもないけど」

目の毒にもほどがある。雑念を振《ふ》り払《はら》い、志紅はため息をつく。

繋いだ手は、ほどかれる気配がない。起こさないよう、もう一方の手で彼女の髪を撫《な》でる。伏《ふ》せられた長い睫毛《まつげ》が震え、珊瑚《さんご》の唇がほにゃりと微笑《ほほえ》んだ。幸せな夢を見ているのかもしれない。志紅も思わずつられて口許《くちもと》をほころばせる。

(昔に、戻ったみたいだ)

都合のいい幻想《げんそう》だと分かっていながら、そう思わずにいられない。優《やさ》しい過去や、築き上げた彼女との関係を壊したのは、他でもない志紅自身だというのに。

握《にぎ》った雛花の手は、白く小さく、滑《なめ》らかだ。剣など持ったこともない手指《しゆし》。美しく整えられた、桜貝の爪《つめ》。手首から伝わる脈動《みやくどう》とほのかなぬくもりが、それがたしかに命を持っていると伝えてくる。

窮奇《きゆうき》に命を狙われ、神々に少しずつ自我《じが》を食《は》まれ。そんな自分たちを取り巻く現実など嘘《うそ》のように、夜の闇はとろりと優しく、過ぎる時間は無限のようにただ、穏《おだ》やかだ。

白い手を額に押し当てて目を閉じ、志紅は長く息を吐《は》く。

「小花。……信じてくれなくてもいいよ。恐《おそ》れても、嫌《きら》っても、憎んでもいい。ただ、生きていてくれさえすれば……」

ふと。

奇妙《きみよう》な気配を感じ、志紅は瞼《まぶた》を開け、雛花の寝顔を見た。

(……?)

眠っていると思っていたのに、いつの間にか、彼女の孔雀緑《くじゃくみどり》の眼《まなこ》はぱっちりと開いてこちらを捉《とら》えている。

「小花。いつの間に起きていたんだ？」

あまりに気配がなかったため、志紅はぎくりとしつつ苦笑した。

そして、さらに違和《いわ》に気づく。

己《おのれ》は武人だ。それも、誰よりも飛び抜けて人の気配に聡《さと》い。だというのに、雛花が目覚め、あまつさえこちらを見つめていることに、まったく気づかなかった。

（あり得ない）

それは、己の精進《しょうじん》不足《ぶそく》を嘆《なげ》くのではなく、単なる事実だった。自分の技量など自分が一番よく知っている。雛花の視線に気づかないことなど、あり得ないはずなのだ。

雛花は一言も発さず、ただ、じっと濡れた瞳でこちらを見上げている。ざわ、と胸が騒《さわ》いだ。

今の彼女が放つのと、よく似た空気を知っていた。簒奪《さんだつ》の前。己を呼び出し、宗室《そうしつ》の真実を話した黒煉《こくれん》の身に降《くだ》ったものに――

「かわいそうな桃華源《とうかげん》の贄《にえ》たち」

不意に小さな唇が紡《つむ》いだ声に、先ほどとは違う意味で心臓を摑まれる。氷を背に滑《すべ》り込まされた心地がした。

「小、花」

呼びかけて、そのまま後が続かない志紅に、雛花はふふっと笑みをこぼした。およそ彼女らしからぬ、しどけなく艶《つや》めいた表情で。

声も出せずに瞠目《どうもく》する彼の手を引き寄せて弄《もてあそ》ぶと、雛花は詠《うた》うように続けた。

「この天后《てんこう》の雛《ひな》が大切？　新たな皇帝《こうてい》。では、もがいて、取り戻してみせるがいいよ。この雛は、もうすぐ命を終える。その前にね」

そして、そのままうっと瞼《まぶた》を伏せ、再び静かな眠りに落ちていく。

月明かりの下、何事もなかったかのように穏やかな寝息を聞きながら、志紅は凍《こお》りついたまま動けなかった。

(はあ、一日ぶりによく寝たわ……！)

翌朝すっきりと雛花《すうか》が起き出した時には、志紅《しこう》の姿は室《へや》になかった。代わりに珞紫《らくし》が控《ひか》えていて、「寝坊《ねぼう》ですよ」と半眼《はんがん》を向けてくる。

「あら？　紅兄《こうにい》さ……志紅は」

「とっくの昔に朝議《ちょうぎ》に向かわれましたよ。夜に比べればまだ安心とはいえ、あなたをこちらに置いていくことに、ずいぶん後《うし》ろ髪《がみ》を引かれているようでしたけどね。で、どうでした？　熱い一夜は……まあ過ごせてないんでしょうねえ、そのご様子じゃあ」

「当たり前でしょう」

過ごしてたまるか。顔をしかめる雛花に、「同じ布団《ふとん》で寝て何もないって。うまくいかないもんですねえ」と珞紫は呆《あき》れたように大仰《おおぎょう》に肩《かた》を竦《すく》めてみせた。

「四妃《しひ》たちの様子はどう？」

「皆さまお変わりないですよ」

「……そうなの」

それは朗報《ろうほう》でもあるし、悲報《ひほう》でもある。老妃嬪《ろうひひん》たちのお世話がうまくいって、快適に過ごせているようだという意味ではいいことだが、窮奇《きゅうき》がいまだ尻尾《しっぽ》を出さないということでもあるからだ。

（窮奇は、真実を嫌い、いつわりを好むけだもの……）

女媧《じょか》の言葉を思い出す。

（そして窮奇の術を退《しりぞ》けるには、皇帝《こうてい》と天后《てんこう》で協力が必要不可欠だって、紅兄さまに話しそびれてしまったわ。後で伝えなくちゃ）

なんにせよ、誰が窮奇かあらかじめ当たりをつけるのは必須事項《ひっすじこう》だ。絶対に失敗できないし、正体を顕《あらわ》した渾沌《こんとん》の魔《ま》から他の妃たちを守らなければならない。

（嘘を看破《かんぱ》できるようなことを、何か四妃たちに持ちかけられたらいいんだけど……）

軽くこめかみを押さえ、雛花は目を伏せた。

「とにかく、もう一度、皆さまと会ってみましょう。それで、思いつく限り、いろいろ試《ため》してみればいいわ」

本日も動きやすい簡素な綿の襦裙《じゅくん》に着替え、紐《ひも》で袖《そで》を絞《しぼ》った雛花は、めげずに四妃たちの待つ部屋へ向かっていった。

そして、泣き叫ぶ茗貴妃《めいきひ》から顔面狙いで手当たり次第におもちゃを投げつけられ、新しい言葉を覚えた葵淑妃《きしゅくひ》に指さしつきで「おにババア」呼ばわりされ、桐賢妃《とうけんひ》のせがむまま『お獅子《しし》おどり』と『麒麟《きりん》さんごっこ』と『白澤《はくたく》さまのうた』に時間無制限で付き合い、李徳妃《りとくひ》に「おじさんくさい小姐《おねえさま》なんて、だいっきらい！　気持ち悪い、あっち行って！」と情け容赦《ようしゃ》ない罵声《ばせい》を浴びせられつつ、今日も今日とて保育に専念することになる。

「あ、でも、楽だわ……。灰英《かいえい》たちが来てくれたお蔭で、前に比べて圧倒的に楽……！」

「そんなこと言って、目が死んでますけど娘々《にゃんにゃん》」

「わたくしを多くの老婆《ろうば》助ける従って子供飼育の容易《ようい》になり健康です……」

「なんか台詞《せりふ》も珍妙《ちんみょう》な翻訳《ほんやく》みたいになってますし。……ん？　何書いてるんですか？」

乏《とぼ》しい体力が限界を迎えたので、老妃嬪たちにしばし四妃のお世話を任せ、部屋の隅でぐったりと机に懐《なつ》きながら書き物をしていた雛花は、珞紫の質問に顔を上げた。

「ああ、四妃のご両親にお手紙を書いていたの。今日の皆さまのご様子をね」

彼らの心中は察《さっ》して余りある。娘が窮奇に殺されてしまうかもという恐怖に始まり、年端《とし》《は》もいかない我が子をたった一人で後宮《こうきゅう》に送り出す不安まで。そう考えた雛花は、託児《たくじ》責任者として、彼女らの様子を逐一《ちくいち》伝える手紙を出すことにしたのだ。

「半日経たないうちに、長文のお返事が一斉に届いたの。皆さまの癖《くせ》や好みなど事細かに書き報《しら》せていただけたし、ほんの思いつきだったけど、結果的によかったわ。もう帳面化して毎日やりとりすることにしたから、名付けて『後宮連絡帳』ってところね」

それを聞くと、珞紫は軽く目を瞠《みは》った。

「なるほど、考えつきもしませんでした。そういうとこ気づくの、さすがですよね」

「そうかしら、ありがとう。でも、子供を預かる施設としては充実しても、後宮としては健全さからどんどん遠ざかってる気がしないでもないけど、まあいいわ……」

葵淑妃の両親宛《あ》ての帳面に『今日は新しい言葉を覚えました。毎日の成長が楽しみです』と当《あ》たり障《さわ》りのない変換済みの内容を書きつけながら、雛花はふと手を止めて考える。

（ここに来る前の、皆さまの普段のご様子を知れるのもありがたいわ。葵淑妃さまは、お母さまにべったりの甘えんぼうで、お饅頭《まんじゅう》と桃とふかしたお芋《いも》が大好物だとか。桐賢妃さまは神獣《しんじゅう》が大好きで、将来の夢は獅子になって麒麟の友達を作って白澤に弟子入りして獬廌《かいち》の背中に乗ることって……なんとも盛りだくさんっていうか、あの不思議なお遊びの数々の理由が分かったわね……）

また、彼女たちと接するうちに、それぞれの個性が摑めてきたところもある。

最年少の茗貴妃は、まだほとんど言葉も通じないが、人見知りが激しく、近づくと激しく怖がって泣く。癇癪《かんしゃく》持ちで、よく暴れてはものを壊した。ときどき、母親や乳母《うば》の姿を捜しているのが胸に迫《せま》る。

葵淑妃は、口癖《くちぐせ》からして「媽媽《ママ》はどこ？　おうちにかえる」だ。普段《ふだん》は頑張《がんば》って我慢《がまん》しているこどもあるが、ふとした瞬間《しゅんかん》に泣き出し、そうすると誰も手をつけられないほどの大絶叫《だいぜっきょう》になる。ついでに茗貴妃も共鳴するので、惨劇《さんげき》に発展する。主に聴覚的《ちょうかくてき》な意味で。

（その点、桐賢妃さまは朗《ほが》らかで明るくてあやしやすいけど、活発すぎるっていうか、あのお獅子おどりに毎回付き合うのはちょっと体力が……。問題は、李徳妃さま）

彼女自身は、五歳という年齢《ねんれい》に似合わず落ち着いていて、泣いているのを見たことはないし、一見聞き分けもよさそうである。しかし、他の妃の暴言やご乱行を、たびたび李徳妃が煽《あお》っているようなのだ。たとえば葵淑妃に『おにババア』と教えたのは、どうも李徳妃のしわざらしい。

そして、もうひとつ。

（李徳妃さま、……虚言癖《きょげんへき》があるのよね）

「あそこを、おっきい、にゃあにゃがとおったのよ。ほうっておいて、いいの？」

「にゃあにゃ？　猫《ねこ》なんてどこにも……？　って、大きい猫ですって……⁉」

先ほども、部屋の隅《すみ》を指さして袖を引いてくる李徳妃に、雛花はぎくりとしたものだ。窮奇の真の姿は、翼のある虎《とら》である。慌てて示されたほうを見るが、何もいない。

「嘘ついたんですの⁉　どうして」

「しーらない」

雛花が振り返って李徳妃を咎《とが》めると、ぷい、と彼女は頬を膨《ふく》らませて知らんぷりする。

（どうしてそんな嘘を……それに、わざとわたくしたちを困らせている様子なのが怪《あや》しいわ。他の人の意見も訊いてみたいけれど）

無論、乳幼児を追いかけて駆《か》けずり回っているのは、雛花や珞紫ばかりではない。

「はあ、元気だねえ、ガキんちょってのは。大人を好き放題振り回して、いい気なもんサ。まったく、この歳《とし》になって子守《こもり》に精を出すことになろうたぁ思わなかったねえ」

いくら雛花たちより手慣れているとはいえ、年齢的な限界もあり、やはりへとへとに疲《つか》れきっている妃嬪軍団の肩を揉《も》んだりお茶を淹《い》れて労《ねぎら》いつつ、雛花はふと額の汗《あせ》を拭《ぬぐ》う灰《かい》英《えい》に尋《たず》ねてみた。

「お疲れさま、灰英。ねえ、……嘘つきっていう条件から見れば、この中で一番怪しいのは李徳妃さまなのかしら……」

「うーん……残念だけど、そんなこたァないだろうねえ」

しかし、返答は無情だ。

「そもそも茗貴妃は赤《あか》ん坊《ぼう》の域で、まともに話が通じないだろ。かといって、李徳妃以外の妃たちも、今までまったく嘘をつかなかったわけじゃないんだよ」

「じゃあ……ひとりひとりとじっくりお話をして、手がかりを探す……なんてことは」

「無理無理。この子らが、今までジッと黙ってあんたの話を聞いてくれたことがあったかい？　ま、画巻《えまき》の読み聞かせや人形遊び、おままごとなんかなら全員一緒に楽しんでくれちゃいるが、みんな同時に参加できることは稀《まれ》。途中《とちゅう》で絶対に誰かが飽《あ》きて、泣いたり、脱走《だっそう》を試みちまう。そうは思わなかったかい？」

乳幼児の気はかくも移ろいやすい。灰英の言葉に、雛花はぐっと唇を嚙《か》んだ。四妃と接するようになって、嫌《いや》というほど実感していたからだ。

「雛花さま。第一、子供ってのは嘘をつこうと思ってついてるわけじゃないんだよ」

最後に、灰英はそう付け足した。

「あの子たちと大人じゃ、見ているものが全然違う。目線はもちろん、常識も経験も言葉も何もかもね。アタシらが嘘だと思っても、それはあの子たちにとっては真実なのかもしれないよ。子供ってな、虚実《きょじつ》がない交ざった世界の住人なのサ。そういうもんだよ」

「それは……そうかもしれないわね」

たとえば先ほども、雛花には視《み》えなかった〝猫〟が、李徳妃には視えていたのかもしれない。桐賢妃だって、将来の夢は〝獅子になること〟なのだ。彼女たちの中では、魚が空を飛べたり、人間が建物と同じくらいの背丈《せたけ》になれたり、願うだけで一日千里を駆けることもできるのかもしれない。

けれどいつしか、幼い頃に当たり前に夢見たことが少しずつ形を変え、虚構《きょこう》を現実という壁で隔《へだ》てて世界から取り除いていく。子供の成長とは、そんなものなのだろう。

そうして、陽がすっかり暮れた後。

(……手詰《てづ》まりだわ)

珞紫《らくし》を下がらせた室内で、いつ終わるともなく響《ひび》く夜泣きを聞きながら、雛花《すうか》は額を押さえた。子供は泣くものだというが、いくらなんでも毎晩ここまで絶叫するものだろうか。

(それに、一瞬《いっしゅん》たりとも目が離せないから、子供のお世話に一度巻き込まれるとそもそもお世話以外のことが何もできない……!)

不慣れなこともあるが、とりあえず厳然《げんぜん》たる事実だと思う。世のお母さまがたの苦労をしのび、騒動《そうどう》が落ち着いたら、亡《な》き母の宗廟《そうびょう》に参ろうとひそかに決意した。

ぽす、と寝台に腰《こし》かけ、雛花は深くため息をつく。志紅《しこう》は政務が立て込んで遅《おそ》くなるらしい、と珞紫から伝言を聞いていた。

してきた。

（作戦を変えたほうがいい、ってことよね）

今までずっと、受動的に四妃《しひ》たちに対応し観察することで、何がしかの糸口を摑《つか》もうとしてきた。

では、次に打てる手を考えるとすれば。

「……女媧《じょか》。いらっしゃる？」

『はいはーい、いるよー。どうしたの？　僕の天后《てんこう》』

宙《ちゅう》に向かって低く呼びかけると、ふわりと目の前に金色の光が散る。

白い衣《きぬ》を揺《ゆ》らめかせ、すぐ傍《かたわ》らに青年姿の女媧が浮《う》かんでいた。

「なんだか寝室《しんしつ》に見た目だけでも若い男がいるって妙な感じですわ……。できれば、龍《りゅう》か、伝承《でんしょう》どおり蜥蜴《とかげ》の姿になっていただけると嬉《うれ》しいんですけども」

『え、やだよ僕こっちのほうが趣味《しゅみ》だもん。で、なんの用だって？』

とりあえず伝えた要望は却下《きゃっか》されてしまう。仕方なしに、雛花は本題に入った。

「窮奇《きゅうき》をいぶり出したいの。何かいい手はない？　そろそろ、待つだけじゃ限界だわ」

『んー、なるほど？　ちょっと待ってね』

宙をさまよいながら、人差し指を口許に当てて思案を巡《めぐ》らせていた女媧だが、やがて面《おも》白《しろ》いことを思いついたように舞《ま》い降《お》りてきた。紗《しゃ》の披帛《ひはく》がふわりと遊んで、気まぐれな胡《こ》蝶《ちょう》のようだ。

『いいこと教えてあげる。窮奇の狙いはきみだってのは知ってるよね、天后の雛《ひな》』

「ええ。……饕餮《とうてつ》といい、四凶の侵入を立て続けに許すほど、韻容五彩《いんようごさい》の布目が緩《ゆる》んでいることがまず問題だけれど」

『まあ、それは今は置いとこうよ。じゃあ、どうして一度も奴はきみのことを狙って来なかったんだと思う？　せっかく同じ後宮《こうきゅう》で、ごく近くで生活しているのに、喰い殺す機会なんてごまんとありそうなものじゃないか』

「それは……そうなのよね」

実は、せっかく囮《おとり》になるからにはと、わざと姫君と二人きりになる時間を作ってみたり、ふらふら一人で出歩いてみたりと、雛花も工夫をしてみたのだ。結果はすべて空振り。窮奇が出現することはなかった。

（すぐそばに標的のわたくしがいるのに、窮奇が襲って来ない理由……？）

口許に手を当てて思案していた雛花は、はっと思い当たって息を呑んだ。

「兵士がいるから……だわ。いいえ、正確には、兵士の目があるから」

窮奇の最大の武器は変幻《へんげん》だ。正体を見誤った相手とその周囲を、窮奇は無条件に渾沌《こんとん》に引きずり込んで喰らうことができる。天后や皇帝もその例外ではない。

そして、窮奇は狡知《こうち》のけだものでもある。

「わたくしに襲いかかった瞬間に不在にしている四妃が、すなわち窮奇。それを踏まえたうえで、正体を暴いて叩く作戦だったのだけれど……隠れて監視する兵の気配を察知《さっち》されていた。あっちのほうが一枚上手だったたってこと……？」

『大正解。もちろん、窮奇なら見張りの兵を殺すなんて簡単だろうけど、そんなことをすればば墓穴を掘るだけだしさ。もし、うまいことときみだけ殺せたとしても、すぐに皇帝にボコボコにされちゃうわけだから』

女媧はふわふわと雛花の周囲を回りながら、うんうん頷いている。

「つまり、志紅や兵がわたくしの安全に目を光らせている限り、窮奇は絶対に尻尾《しっぽ》を出さない……囮作戦を成功させたいなら、どうあってもわたくし一人だけで窮奇を退治しなくてはならない、と。そういうこと？」

『そーゆーこと。で？　どうしよっか。まあね、窮奇の力で一番厄介《やっかい》なのは変幻だから、向こうからそれを解いて襲って来てくれるとしたら、なんとか天后《きみ》だけでも対抗できるかもしんないけど……相手は腐《くさ》っても四凶だしねえ。誰も助けてくれない状況を自分から作り出すなんて、結構、危ない橋じゃないかなあ』

「いいえ、やるわ。協力して」

きっぱり断言する雛花に、『決断はやっ！』と女媧は目を剝《む》いた。

『僕の話聞いてた？　殺されるかもしれないいんだよ？』

「そうね、桃華源《とうかげん》の支柱なのだし、わたくしに巻き込まれて女媧《あなた》まで消滅《しょうめつ》するのは避けたいわ。いざとなったら、あなただけでもどうにか逃げることはできる？」

『あー、うん。窮奇にやられる前に、心臓とか脳を捧げてくれたらどうにか……えっ、心配するとこ、そこじゃなくない？』

「もちろん死ぬ気なんてなくてよ。危険だっていうのも分かってる、けど……」

（わたくしがなぜ、天后になりたいと思ったのか）

――この目に映る人々の、何気ない日常を守りたい。そのためなのだ。

「特に四妃の皆さまなんて、家柄と容姿と若さで輝かしい将来を約束された最強の嫉妬《しっと》物件なの。ちゃんと幸せを掴んでもらわなくては困るのよ。窮奇の犠牲になんてさせてたまるものですか」

『うわ、独特の感性だね。ドン引き』

「ちょっとは包《つつ》みなさいよ!? でも、……助けたいんだもの」

彼女たちをどうにかして救いたい。救うには窮奇を倒さなくてはならない。窮奇を倒すには単身で戦うしかないというなら、出すべき結論はおのずと決まってくる。

「だから、必要なら仕方ないんじゃないかしら」

『ふーん。まあ、いいんだけどさ。自分のことなのに、ずいぶん割り切ってるんだね』

「？　そういうものではないの？」

雛花が首を傾げると、女媧は少し意外そうに片眉《かたまゆ》を上げた。

『ひょっとして、きみさぁ……。あ、いや、やっぱりいいや』

何か言いかけたが途中でやめてしまう女媧から視線を外し、雛花は周囲を見回した。

（珞紫は隣の部屋。外に立っている見張りは、四妃たちの部屋についている兵も含めてそれぞれ扉《とびら》の両脇《りょうわき》に二人。あとは、回廊《かいろう》の要所に一人か二人ずつ……。紅兄《こうにい》さまが部屋に来るまでが勝負ね）

漏窓《ろうそう》からそっと外を窺《うかが》い見る。

月はすでに高い。窮奇をおびき出すなら、狭《せま》くて夜間でも人通りの多い後宮の里院《なかにわ》よりも、広くて閑散《かんさん》としている外廷《がいてい》の園林のほうが都合がいいだろう。

「また後宮を脱《ぬ》け出すことになるけど……この時間に人が少ない場所っていえば、やっぱり城門近くの前庭かしらね」

（しばらく誰にも見つからないように時間を作るためには……）

問うでもなく呟《つぶや》き、雛花は女媧をまっすぐに見た。

「さっそく教えて、女媧。向かう先誰もを眠らせるために、【眠《みん》】の字を使うには、わたくしはどこをあなたに捧《ささ》げればいいの？」


さて。

時は少し遡《さかのぼ》り、雛花《すうか》が保育後宮《ほいくこうきゅう》で奮闘《ふんとう》しながら頭を悩ませているのとほぼ時を同じくして、政務の傍《かたわ》ら、志紅《しこう》もまた、禁城外廷《きんじょうがいてい》でもの思いに沈んでいた。

黒檀《こくたん》の大きな執務机《しつむづくえ》には、竹簡《ちくかん》が山と積み上がっているが、いずれも処理済みだ。そのうち文官が機を見て取りに来るだろう。仕事に没頭《ぼっとう》している間は考え事をしなくてすむのに、こんな日に限って順調に片付いてしまう。

（悩む暇があったら早く後宮に戻って、小花《しょうか》の護衛を……いや）

ふと右手を目の前にかざし、双龍戯珠《そうりゅうぎじゅ》の吉祥紋《きっしょうもん》が施《ほどこ》された黒い手甲《てこう》を外すと、その下から、くっきりとした黒い紋様《もんよう》が現れた。

蓮《はす》の中央には〝容《よう》〟の蓮華龍鱗紋《れんかりゅうりんもん》。――この身に伏羲《ふっき》を宿す証《あかし》。

「そこにいるんだろう。伏羲」

志紅が短く呼びかけると、やがて、椅子《いす》の背もたれに落ちた己《おのれ》の影から滑り出るように、小さな黒い蜥蜴《とかげ》が現れた。

『真君《しんくん》をつけよ、無礼な奴《やつ》め』

「ばけものに礼を尽《つ》くす必要を感じない」

ちろりと赤い舌を出して不満を述べるのは、創世《そうせい》の二神の片割れ、伏羲だ。志紅が賭《か》けに負ければ、その身は伏羲のくぐつとなる。だが、己の身命について、志紅は特に気にかけたことはない。

『珍しいな。お前から我《われ》を喚《よ》ぶとは。いつも、そうやって可愛《かわい》くないことを言っては邪険《じやけん》にするのに。宗旨《しゆうし》替《が》えか？』

「無駄口《むだぐち》に付き合う気はないから、端的《たんてき》に答えろ。……昨夜のあれは、どういうことだ」

『昨夜のあれ、とは？』

「とぼけるな」

四六時中、伏義に見張られていると考えていた志紅は、間の抜けた伏義の答えに気色《けしき》ばむ。お前は意外に単純で気が短い、と黒煉《こくれん》に評されたことを、ふと思い出した。

「一瞬、小花に女媧《じよか》が乗り移っただろう。……彼女はまだ覚醒しきっていない。あんなふうに、身体を奪われる段階にはなっていないはずだ」

神々は、力を与《あた》える代わりに、生贄《いけにえ》の魂《たましい》をゆっくりと食《は》んでいく。つまり、まだ女媧の力をうまく使えない雛花であれば、これ以上の女神の降臨を避ければ、どうにか引きはがす手立てがあるかもしれない。それが志紅の見立てだった。

――けれど、もし。

雛花が、今にも女媧の餌食《えじき》になろうとしているならば。

『記憶にないな。我のあずかり知らぬことだ』

しかしこれは、伏義にけんもほろろに切り捨てられた。

「知らないことはないだろう。……見ていたんじゃないのか？」

『いいや。我が眠っておった時のことやもしれぬ。そうか、女媧が……。それは間が悪かったものだ。久方ぶりに、愛《いと》しい妹と語らえたものを。残念、無念』

己と同じ緋色《ひいろ》の眼に非難の色を乗せ、呼んでくれればいいのに、と言わんばかりの伏義に、志紅は顔をしかめる。予想外だった。

「神々も眠る時があるのか」

『なに、お前たち人間の眠りとは似て非《ひ》なるものよ。眠るより、沈む、と表したほうが正しいような類《たぐい》のな』

「？　沈むって、どこに」

『強《し》いて言うなら渾沌《こんとん》だ』

「……」

神々の営《いとな》みはよく分からない。話題が逸《そ》れたことに気づいた志紅は、それきり伏義に興味を失った。

「……用は終わりだ。失《う》せろ」

『こら。神に向けて、野良犬《のらいぬ》でも追い払うような仕草をするな。覚えておくがいい。いずれお前の身体を得た時には、志紅陛下《へいか》ご乱心と臣下どもに慄《おのの》かれるようなとんちきな振《ふ》る舞《ま》いをしてやるからな。素《す》っ裸《ぱだか》で歌って踊《おど》りながら禁城《きんじょう》縦断《じゅうだん》など序《じょ》の口《くち》だぞ』

「……好きにしろ。黙って乗っ取られる予定はない」

『本当に可愛《かわい》くない子供だ。全裸《ぜんら》で徘徊《はいかい》する時に、下着が残っていると思うなよ』

幼稚《ようち》な捨《す》て台詞《ぜりふ》を笑い含みに残し、伏義は再び志紅の影に身を浸《ひた》した。

――が。思い出すことがあったのか、不意についと顔だけ出してこちらを見てくる。

『ひとつ、言い忘れた。所詮《しょせん》は、遅いか早いかなのだとな』

「……なんだと？」

『女媧が雛花公主《こうしゅ》を選んだ以上、あの娘が妹のものになるのは必定《ひつじょう》なのだ。それが遅いか早いか。それは器《うつわ》の資質に依《よ》るところが大きい』

つまり、力を使おうが使うまいが、天后《てんこう》として覚醒《かくせい》した以上、自我《じが》が数年持つこともあれば、あっという間に喰い尽《つ》くされてしまうこともある。

『しかし、我が妹がそんなに早くな。そうか。きょうだいでひときわ美しく、意思が強く。見込みどおり、あれはよい器のようだ』

けらけらと笑って、伏義は赤い瞳で志紅を捉える。彼の双眸《そうぼう》を模したそのまなざしを受け、志紅はぬるい汗が滲《にじ》む手のひらを握り込んだ。

（見込みどおり、だと）

――それではまるで。

（そもそも、小花が女媧に選ばれることを想定していた、ような……）

『せいぜいあがけ。あの天后の雛《ひな》も、お前も。宿命からは決して逃《のが》れられはしない。儚《はかな》く愚《おろ》かな人の子――志青《しせい》の倅《せがれ》よ』

「な、っ……待て！　伏羲！」

笑い声だけをその場に残し、伏羲は今度こそその場から消えた。あとはもう、幾度《いくど》呼びかけても顕《あらわ》れず。

昨晩に火のついた焦燥《しょうそう》が、いよいよ激しい炎《ほのお》となって胸を焦《こ》がす。

――このままでは、雛花が危ない。

窮奇《きゅうき》に殺される以前に、心を女媧に喰い荒《あ》らされて、彼女ではなくなってしまう。

（……どうすればいい！）

「くそっ……！」

短く吐《は》き捨《す》て、志紅は苛立《いらだ》つまま竹簡を手で払った。がしゃん、と音を立て、それらは床石の上で弾《はず》むと同時に綴《と》じ紐《ひも》が外れ、ばらばらになる。その拍子《ひょうし》に、忌々《いまいま》しい紋様の浮かんだ己の手の甲が目に入り、いっそ皮膚を引《ひ》き裂《さ》き焼いてしまいたい衝動に駆られた。

――とうとう、最も恐れていた事態が起きてしまったのか。彼女を救う、なんの手立ても見つからないままに……。

「……小花」

ぐしゃぐしゃと前髪《まえがみ》を指で掻《か》き回して呻《うめ》く志紅の前に、すっとひとつの影が落ちた。

「失礼いたします、陛下」

鮮《あざ》やかな緋袍《ひほう》に白い羽扇《うせん》をひらりと合わせ、気づけばすぐそばに彗標が立っていた。

人の気配は少し前から感じ取っていたが、頓着《とんちゃく》する気になれなかった。憔悴《しょうすい》しきった志紅の様子に、彗標はわずかに笑みを引き、眉《まゆ》をひそめる。

「いかがなされた？　先日、お疲《つか》れのご様子とお見受けいたしましたので、無聊《ぶりょう》をお慰《なぐさ》めするためにこちらをお持ちしたのですが……」

彼が手に持っていたのは、菓子《かし》や茶の類《たぐい》かと思いきや、小ぶりな木製の鳥かごだった。中に、白い羽毛《うもう》の交じった金茶色の小鳥が入っている。詳《くわ》しくはないが、手のひらに収まるほどの大きさや太いくちばしからして腰白金腹《じゅうしまつ》だろう。

「妻のお気に入りの飼い鳥でして、頼んで一羽譲《ゆず》ってもらったのです。よく馴《な》れていますよ。手に乗せると至極《しごく》癒やされます。こう、ぺったりと白いお腹《なか》をくっつけて休まれると、ぬくもりに昇天《しょうてん》しそうになりますね。どれ、おひとつ。そうれ、もふもふ」

「……彗標《すいひょう》どの」

「結構です」

かごから取り出した小鳥を無理やり手のひらに乗せてくる彗標に、とっさに押し返しつつ、志紅はどうしたものか迷う。そんな場合ではないが、居ても立ってもいられないほどの焦《あせ》りが殺《そ》がれたのは事実だ。

しばらく彗標は、「それは残念」と眉尻《まゆじり》を下げながら、ぴるぴると囀《さえず》る小鳥を眺めていたが、「ところで」と不意に声をひそめた。

「また悩み事でいらっしゃいますか。私でよろしければ、ご相談に乗りますよ」

「……いえ、……」

言葉にして伝えるわけにはいかないし、そもそもこれは、志紅が己で解決すべき問題だ。伏羲の賭けに乗ったのは、志紅自身なのだから。

結果、眉根《まゆね》を寄せて「……なんでも、ありません」と掠れた声でかぶりを振る志紅に、彗縹は首を傾《かし》げつつ、何かを察したようだった。

「それでは、お気が晴れるように雑談でも少し。時に陛下。私は軍人でございますが、令《れい》牌術《はいじゆつ》も能《よ》くしております」

「？」

そんなことはよく知っている。

急にどうしたのだろうと訝《いぶか》しむ志紅の前で、「おひとつご覧に入れましょう」と前置くと、おもむろに彗縹は己の冠《かんむり》に手をやり、その下の髪を貫《つらぬ》く簪《しん》を引き抜く。

「この簪は、お恥《は》ずかしい身の上話で恐縮《きようしゆく》ですが、若い頃に私の妻が贈《おく》ってくれたものでございまして。この小鳥が、よく止まり木のようにして遊んでいたものです」

つらつらと口上を述べると、彗縹は手のひらの上の小鳥を撫でる。同じく妻から贈られたというそれを。

――次の瞬間。

彼はなんのためらいもなく、鳥の喉首《のどくび》を摑み、簪の先で貫いた。

「……!?」

まるで手すさびのような気軽さだったので、志紅は一瞬反応できず、呆気《あっけ》に取られたままその凶行《きょうこう》を見守るしかない。

彗縹の手の上にぐったりとした小鳥の身体から、赤い血が流れ出す。薄目《うすめ》は開いたままで、その命が無惨《むざん》に散らされたことを示している。

「損傷《そんしょう》は小さいほどいいのですが。……さて」

彗縹は懐《ふところ》から灰色のものを取り出すと、串刺《くしざ》しになった小鳥にそっと添《そ》える。小さな石剣《せっけん》。令牌だ、と察したところで、ぼんやりと手の中の小鳥が燐光《りんこう》を放つ。

「――〝易《えき》に太極《たいきょく》あり、これ両儀《りょうぎ》を生ず。両儀未《いま》だ分かれず、その気渾沌《こんとん》たり。清濁既《せいだくすで》に分かれ、仰《たか》き者は天となり、偃《ひく》き者は地となる〟」

崑崙《こんろん》の石碑《せきひ》から読み取っただろう呪《じゅ》を唱えると、彗縹は手の上の小鳥から簪を引き抜く。

（……な、……）

一瞬ののち、小鳥はむくりと彗縹の手の上に身を起こすと、何事もなかったかのように囀り始めた。おそらく、己が一度死んだことにも気づいていない様子で。

ただ、簪や術士の手に残る血痕《けっこん》のみが、その場で小さな凶行があったことを示している。

「彗緦どの。……この術は」

尋ねてはいるが、志紅は一種確信していた。

間違いない。

他でもない志紅が、黒煉に行ったこと。

抜き取った三魂《さんこん》を、七魄《しちはく》を留《とど》めた屍《しかばね》に戻す。――よみがえりの禁術《きんじゅつ》だ。

志紅は、彼に下賜《かし》された宝剣《ほうけん》〝緋霄《ひしょう》〟を以て主君の命を奪った。奪う者、奪われる者の間を繋《つな》ぐ絆《きずな》となる品が、術の行使に最適とされていたからだ。妻の思い出の品云々《うんぬん》は、やはり同じ術なのだと知らせるためだろう。

（命を弄《もてあそ》ぶなんて絶対禁忌《きんき》、伏羲にしか使えないと思っていた。まさか、他にできる者がいたなんて……）

声を失う志紅に、彗緦はとつとつと説明をくれる。

「我が李家《りけ》では、数ある崑崙の石碑の中でも最強とされる、経書《けいしょ》や緯書《いしょ》の令牌をいくつか所持しております。先ほど使ったのは、緯書『河図括地象《かとかつちしょう》』の、韻容五彩《いんようごさい》の理《ことわり》の発端《ほったん》を謳《うた》う文言《もんごん》ですよ。……『河図《かと》』は伏羲真君《しんくん》の司《つかさど》られるもの。つまり、令牌に込められた真君のお力を掻《か》き集めて、お借りしたようなものですね」

「……伏羲の残滓《ざんし》を使って、その術を使った、と？」

「もちろん皇帝陛下と違って森羅万象《しんらばんしょう》に直《じか》に触れられはしませんし、真君と同等にはほど遠いですが、それでもこのくらいは。私もまあ、術士としてそれなりの自負《じふ》はございますから。結果はご覧のとおりです」

さすがに皇帝や天后でも、自然の摂理《せつり》を無理やり捻じ曲げ反転させることは叶わない。もはやただの令牌術とは呼べないほどの作用《さよう》に驚く志紅に、彗縹は囁くように告げた。

「どうぞご留意《りゅうい》を。……神々の力など、所詮《しょせん》はいかようにも代用が可能なのですよ」

「……？　それは、どういう……」

その言葉の裏に潜むほの暗い何かを志紅が探ろうとする前に、彗縹はにっこりと微笑み、頭《こうべ》を垂れる。

「失礼ながら。陛下には、一刻も早く刻《とき》を止めてしまいたいものがあるのでは？」

「……彗縹どの」

「そしてそれは、陛下にとっては命に等しい存在。であれば、……何をためらう必要が？」

ふと、志紅は疑問を抱く。なぜこの男は、自分のことをこんなにも分かっている——分かりすぎているのか、と。だが今は、目の前に示された可能性を摑み取るほうが先決だ。

「たとえば、剣のような大振りな武器で傷つけては、伏羲真君の力がなければ死者となったかたを呼び戻すのは難しいでしょう。ですが、こうした小さな外傷であれば、人の術でも案外どうにかなるものです」

——この、力があれば。

（彼女の、時間を）

かつて、黒煉の時間を止めた時。

雛花にだけは、刃《やいば》を振り下ろすことなどできないと、思ったはずだった。

それを決意することがあるのなら、おそらく、この心が壊れてしまった時だと。

（今の俺は、壊れているんだろうか）

自問は、心のうちで虚《うつ》ろに響《ひび》いた。その答えを、たしかめるすべはない。否《いな》、歪《ゆが》んでいようが一向に構わない。おぞましい妄執《もうしゅう》と誹《そし》られても、それでも。

（きみを守るためなら、俺は――）

逡巡《しゅんじゅん》はわずか。拳《こぶし》を握りしめ、視線を床に落としていた志紅は、やがて顔を上げて彗儒を見る。

「その術。命を奪う役目は、令牌術士でなくても構いませんか」

「ええ。屍《しかばね》が新しく、損傷が少なければ、術は後から施《ほどこ》せます。命が失われゆくさなかなら、さらに確実でしょうが」

決意を秘めた紅《くれない》のまなざしを受け、手のひらの上で小鳥を撫でながら、亡き父にいまだに忠誠を尽くしているという男の薄い唇が、弧《こ》を描《えが》く。

「申し上げましたでしょう。私は誰よりも陛下のお味方ですと」

（志紅《しこう》の奴《やつ》、すーぐ思《おも》い詰《つ》めるからな。また変なこと考えてねえといいけど。というか思い詰めた結果が今のオレなんだけどな）

月はもう高い。晴乾宮《せいけんきゅう》の志紅の室《へや》――むしろかつては自分の部屋だったわけだが――にある、大きな鳥かごの中。暇にあかせてとりとめもない考え事をしながら羽づくろい中だった黒煉《こくれん》は、扉の開く音にふと頭を上げた。

『おかえり、志紅。久しぶりじゃねえの。しばらく戻らねえのかと思ってたぞ』

「……ひょっとして心配かけてたかな、黒煉」

『いや、雛花《すうか》んとこに護衛に行ってるってのは聞いてたし……って』

顔も見ないままつらつらと会話を続けようとして、黒煉は一度言葉を切った。緞帳《どんちょう》を取りのけて現れた相手は予想どおりのものだったが、その様子にわずかに違和を覚える。

『お前、なんかあった？』

「いや？　別に」

『ホントか？　……なんか、晴れやかですっきりしたような、逆に人生のどん詰《づ》まりに行き当たったような、複雑怪奇《かいき》な表情してるぞ』

訝《いぶか》る黒煉に、「何もないよ」と言い置いてから、志紅は唐突《とうとつ》に尋《たず》ねてきた。

「小花《しょうか》のことで、黒煉にちょっと訊きたいことがあるんだけど、いい？」

『……おう。なんでも訊けよ』

「俺が贈ったもので、彼女が大切にしている品を知らないかな。装身具《そうしんぐ》でも着物でもなんでもいいから」

奇妙な質問だなと思う。意図を尋ねれば、「ああいうことがあって距離ができているから。ご機嫌《きげん》取りがしたいだけ」だと言う。

一抹《いちまつ》の不安を覚えつつ、「まあいいか」と黒煉は問われたことについて思案を巡らす。

『お前がらみで、大切にしてるもの……っていうと、雛花に直接聞いたことがあるのはあれだな。極東の琺瑯《ファーラン》——七宝胡蝶《しっぽうこちょう》の簪《かんざし》』

「あの、五色の？　いつも身に着けている？　あれは俺があげたものじゃなくて、彼女の母ぎみの形見だけど」

案の定、首をひねる志紅に、『そうなんだけどさ』と黒煉は続けた。

『いや、だいぶ昔の話だけど、オレの弟妹《ていまい》が連れだって、雛花からあの簪を奪ったことがあっただろ。それをお前が取り返してやったじゃんか。覚えてねえの？』

その一件をきっかけに、雛花の志紅を見るまなざしが、〝幼馴染《おさななじみ》の兄さま〟から、〝憧《あこが》れの人〟に変わっていったのは、そばで見ていた黒煉のみが知ることである。そこまで口にしては雛花がかわいそうなので、一応伏せておいたが。

顎《あご》に手をやり、しばらく記憶をさらっていたらしい志紅は、「ああ」と途中で思い当たったように声を上げた。

「そういえばたしかに。彼らへの報復と再発防止のことばかり考えていたから、肝心《かんじん》の一件を忘れていた」

嘯《うそぶ》く志紅に『あぶねえ発言だな！』と若干《じゃっかん》引きつつ、黒煉は志紅の顔を覗き込む。

『で、それがどうしたんだ？　お前が今、なんか変てこな面《つら》してんのと関係あるのか』

「あるよ。……ごめん、黒煉」

かごの位置からは、志紅の表情は、陰になって見えづらい。

『……なんで謝《あやま》った？』

膨らんだ不安が、ひときわ大きく警鐘《けいしょう》を鳴らした。

『おい、待て志紅。お前、雛花に何をするつもりだ……!?　志紅、おいっ、どこへ行く！』

質問に答えず踵《きびす》を返すその背を引き留めようと、黒煉は体当たりしてがしゃがしゃと銀の格子を鳴らす。けれど、頑丈《がんじょう》なそれはびくともしない。

（雛花……！）

やがて扉の静かに閉まる音がし、人影《ひとかげ》のなくなった皇帝の私室に、非難めいた鷹《たか》の鳴き声が短く響いた。

4　夜の襲撃者

——闇《やみ》の深い夜は、窮奇《きゅうき》が蠢《うごめ》きだす刻《とき》。

春が深まっているとはいえ、日が落ちればぐっと冷《ひ》え込む。

動きやすい簡素な襦裙《じゅくん》に着替えてきた雛花《すうか》は、髪《かみ》を巻き上げる向かい風に、思わず防寒用の比甲《はんてん》の前を掻《か》き合《あ》わせた。雲のない空にはぽっかりと半月が浮《う》かび、冴《さ》え冴《ざ》えと青白い光を地表に投げかけている。

「驚《おどろ》いたわ。【眠《みん》】って、便利な割にずいぶんと安上がりな文字なのね。指先が痛む程度のわずかな血だけで、行き合う誰《だれ》にでも使えるなんて」

『それは、相手を選ばず、一定の効果だけを与えられるように力を使ってるからってだけさ。たとえば皇帝《こうてい》や魔《ま》を向こうに深く泥《どろ》のような眠《ねむ》りに落とそうと思ったら、やっぱり臓《ぞう》物《もつ》のひとつも欲《ほ》しいところだけどね？』

「皇帝と魔って。そこふたつは並べられるものなのね、あなたの中じゃ」

思わず呆《あき》れる雛花に、やはり青年姿で顕現《けんげん》した女媧《じょか》は、『だって、どこに向けて君が力を使おうが、僕がもらえる対価は同じだからね！』と、明るく笑った。

油断ならない発言だな、と改めて背筋が冷える。隣《となり》でぷかぷかとのんきに宙《ちゅう》を漂《ただよ》う金髪《きんぱつ》の青年は、当然のことやはり、人間とは本質を異《こと》にする生き物なのだ。

現在雛花たちは、後宮《こうきゅう》を抜《ぬ》け、禁城外廷《きんじょうがいてい》の、それも城門のすぐそばにある影壁《えいへき》の前にたたずんでいた。

影壁とは、禁城の大門《だいもん》と相対するように設けられた衝立《ついたて》の機能を果たす一枚石のことで、表面に天后《てんこう》を示す鳳凰《ほうおう》、裏面《うらめん》に皇帝を示す座龍《ざりゅう》を彫《ほ》り込《こ》んで鮮《あざ》やかに彩色《さいしょく》した、いわゆる鳳引龍追《ほういんりゅうつい》の紋様《もんよう》が刻まれている。

男女神《だんじょしん》に守護されるこの国のありようを示す、見上げるほど巨大《きょだい》な影壁は、間もなく禁城の果てであることを示していた。閉ざされた門の前に衛士《えじ》がいないのは、すでに眠らせてあるからだ。隙さえあれば脱走を目論《もくろ》む日々を送ってきた雛花としては、多少拍子抜けでもある。

懐《ふところ》にありったけ入れてきた、先日灰英《かいえい》から受け取った令牌《れいはい》の残りを握《にぎ》りしめ、雛花は気を落ち着けた。

（紅兄《こうにい》さまが知ったら怒《おこ》るでしょうね）

不思議と雛花は、あれほど恐《おそ》ろしい目に遭《あ》わされながらも、彼が己《おのれ》のことを大切だと、護《まも》りたいのだと口にするその言葉に、おそらく偽《いつわ》りはないのだろうと感じていた。

そして、そのためなら彼が何をするか分からないことも。

（どこにどんな犠牲《ぎせい》が出ても、……たとえば四妃《しひ》の一人や二人が亡《な》くなってしまうことすら、いざとなればやむなしと判断するかも。紅兄さまに、そんなことをしてほしくない）

その点において、雛花は彼と永劫《えいごう》に相容《あいい》れない気がしている。――避《さ》けうる犠牲は、仕方がないですまされてはならないのだ。

（……なんて言っても、きっと理解はしてもらえないのでしょうけれど）

はあ、とため息をつき、とりとめもない考え事に終止符《しゅうしふ》を打とうとした。その、瞬間《しゅんかん》だった。

『来たね』

隣で空中散歩を楽しんでいたはずの女媧が、いつの間にかすぐそばにいる。短く伝えられた言葉に、緊張《きんちょう》で腹の奥《おく》がすうっと冷えた。

『ほら、後ろだ』

端的《たんてき》に告げられた言葉に続き、背後の影壁がドンと落雷《らくらい》のような衝撃にたわむ。

「きゃあ!?」

思わず悲鳴を上げた雛花の前で、敷石《しきいし》が弾《はじ》け飛ぶ。まるで礫《つぶて》のように襲《おそ》い来る石の雨は、しかし雛花に傷一つつけることはない。

（あらかじめ【御《ぎょ》】を書いておいてよかった……！）

その文字の成り立ちは、道に呪物《じゆぶつ》となる糸束や杵《きね》を敷《し》き、邪悪《じやあく》の者が入り込まない結界としたことに由来する。

己の周りを覆《おお》うように【御】という不可視《ふかし》の障壁《しようへき》を築いたお蔭《かげ》で、すべての攻撃《こうげき》は雛花のもとには届かない。犠牲に捧《ささ》げた右腕《みぎうで》がじわりと熱を持って痛みを訴《うった》えるが、贄《にえ》に関連する文字を書けば術の威力《いりよく》が増すという触《ふ》れ込《こ》みは、ちゃんと真実のようだ。

（よし。後は、【縛《ばく》】で窮奇を捕獲《ほかく》するか、【斬《ざん》】で切り捨てるか……！）

わずかな昂揚《こうよう》とともに、雛花は窮奇と相対しようと、闇にひそむその姿に目を凝《こ》らした。

（――あ）

その途端《とたん》。

足が、竦《すく》んだ。

すぐ間近にいるばけものは、想像の何倍も、大きかった。その昔、志紅の邸《やしき》で見せてもらった巨大な羆《ひぐま》の毛皮の、さらに倍はあるだろうか。

縞模様《しまもよう》の毛並みは風もないのにざわめき、鷲《わし》の如《ごと》き翼が巻き起こした旋風《せんぷう》が頰《ほお》を打つ。開かれたあぎとに並ぶ鋭利《えいり》な牙《きば》、ことに下顎《かがく》から天に向け突き出たそれは偃月刀《えんげつとう》にも似て、敷石に痕《あと》を残す巨大な爪《つめ》とともに威容《いよう》を誇《ほこ》っていた。

しゅう、と。生臭《なまぐさ》い息が、顔にかかる。

（だ、大丈夫《だいじようぶ》よ。最初に、猙《そう》だって倒《たお》せたじゃない。今回だって……！）

「韻《いん》と容《よう》とで……、っ！」

しかし、お決まりの呪《じゅ》を唱えようとした瞬間、くらり、と眩暈《めまい》が襲ってきて、雛花はその場にへたりと膝《ひざ》をついた。

（えっ!?　な、なに……これ）

頭がぐらぐらする。急激な吐《は》き気《け》が込み上げ、声を発することはおろか、まともに頭を支えることすら難しい。額を押《お》さえて混乱する雛花に、女媧が思い出したように告げる。

『あ、言い忘れてたけど。さっき使った【眠】の対価の血液ね。相手は有象無象《うぞうむぞう》だったけど、ちゃんと、行き合った人数分もらってるからね』

「は!?」

『あーらら……気づいてなかったんだ。ためらいもせずバンバン使うから大丈夫かなと思ってたんだけど、やっぱりかぁ。あ、ついでにもうひとつ。気を失ったらその時点で鉄壁《てっぺき》の【御】もおしまいだからね！』

よろしくねえ、と朗《ほが》らかに笑う女媧を、雛花は信じられない気持ちで見つめる。

（そ、そういう大事なことは早く言って!?）

罵《ののし》ろうにも声が出ない。それ以前に、悠長《ゆうちょう》に女媧に構っている暇《ひま》などなかった。

「うっ……く！」

ガギン、と耳障《みみざわ》りな音とともに、雛花を守る【御】の障壁が大きくたわみ、防ぎきれなかった攻撃の余波が全身を叩《たた》く。地べたから伝わる振動《しんどう》に脳が揺《ゆ》さぶられ、かろうじて保っていた意識が途切《とぎ》れそうになる。

『うーん、箱入りのお姫様にいきなり窮奇退治は荷が重かったか。さすがにこれは一時撤《いちじてっ》退《たい》かなあ。ま、逃げられればの話だけど』

「……難しい、でしょうね」

女媧の提案を、一言のもと雛花は退けた。

（この状況で、窮奇がわたくしを逃がしてくれるわけがないわ。それじゃあ、……いっそ相討《あいう》ちになろうがここで倒すしかない！）

震える足を気力で立たせ、左手で印を結ぶ。

「……いっ、……〝韻と容とで乾坤《けんこん》を描け、我が右耳をかたしろに我が身に降《くだ》れ女媧娘々《にゃんにゃん》〟！」

絶え間ない攻撃に耐えながら、かろうじて宙に【破《は》】を書く雛花に、『この期に及んで犠《にえ》を追加するの？　きみって割と向こう見ずだねえ』と女媧が呆れながら力を貸してくれる。

石を以《もっ》て獣の皮を剝《は》ぐさまを表した一字は、どうにか窮奇を弾き飛ばしはしたが、その巨体を砕くには至らない。

（だめか……！）

右耳にも激痛が走り、ブツリと音が消えた。頭が朦朧《もうろう》とする。次の呪を唱えようとして、声が出ないことに気づいた。もはや、口を開くだけでえずきそうになる。

そうして雛花が後手に回る間にも、窮奇の牙が、爪が、着々と【御】の障壁を削りつつあった。

(このまま攻撃を受けていたら、とても持ちこたえられない)

死ぬ。こんなところで。

天后としてすべきことを、まだ何ひとつ果たしていないのに！

冗談ではない、と雛花は歯を食いしばる。今まで舐《な》めた辛酸《しんさん》や日ごろの嫉妬《しっと》と白虐でためた負の力は、こういう時に発散してこそではないか。そう思うのに身体は言うことを聞いてくれず、眼前に迫《せま》る絶望の影を呆然《ぼうぜん》と見つめるしかない。

(呪は、唱えられてあと一度くらいかしら……だったら、いっそ)

再び地に膝を突き、荒い呼吸を繰り返す雛花の傍《かたわ》らに舞い降りた女媧が尋ねてくる。

『そろそろ死んじゃいそうだね。僕は君と心中したくはないんだけど。ねえ、どうする？』

どうするもこうするも。やることは決まっている。

覚悟とともに浮かんだ顔は、なぜか、亡き母でも異母兄《あに》でもなく、緋色《ひいろ》のまなざしを持つ幼馴染《おさななじみ》の顔だった。

(紅兄さま。……本当に、怒られそうだわ)

大嫌いになったはずなのに。

こんな時に思い出すのが彼のことで。あと一度だけ、会いたかった、なんて。

「我が心臓をかたしろに――」

ぎゅっと目を閉じ、絞り出すように、雛花が最後の呪を口にしようとした刹那《せつな》。


「――小花《しょうか》！」


この場に響くはずもない声が鼓膜《こまく》を打って、雛花ははっと顔を上げた。

「こ、紅兄さ、……ま？」

地面に跪《ひざまず》いたまま、雛花は声のするほうを見つめる。

相当に急いで来たのだろう。幼馴染の息は、常にないほど上がっていたが、それに頓《とん》着《ちゃく》することもなく窮奇を見据《みす》えて右手で印を結ぶ。

「〝容と韻とで乾坤《けんこん》を抱《いだ》け、我《わ》が左手をかたしろに我《わ》が身《み》に降《くだ》れ、伏羲真君《ふっきしんくん》〟！」

呪を早口に唱え、立てた人差し指と中指で素早《すばや》く宙空に認《したた》めた文字は――【刀《とう》】。

すんでのところで避けられたのか、真っ二つとまではいかなかったが、それでも肩《かた》に大きな傷を負った窮奇は、闇をつんざく咆哮《ほうこう》を上げると、するりと闇に融《と》け消えた。

「……逃《に》がしたか」

呼吸を整えながら、窮奇が去った暗がりを志紅が睨《にら》む。

（うそ）

助かった。でも、どうして彼がここに。

「小花！」

ただ呆然としていた雛花は、次の瞬間、駆《か》け寄《よ》ってきた彼にきつく抱きしめられていた。

（！）

「小花、小花。よかった。……怪我《けが》、は」

「し、て、……ませんわ」

答えた途端《とたん》、いっそう腕《うで》に力を込められた。少し息が苦しいけれど、それ以上に、腰《こし》から下が溶《と》けてなくなってしまいそうなほどの安堵《あんど》が押し寄せてきて。

「心臓、止まるかと思った。きみが、……きみを失ったら、どうしようかと、俺は」

耳許《みみもと》に落とされる掠《かす》れた呟きに、じわりと目頭《めがしら》が熱くなった。大きな手のひらが、雛花の無事をたしかめるように、身体《からだ》の線を辿《たど》っていく。肩に、背に、腰に、そして少し身を離して最後に両の頬を包み込む。

「どうして、一人で出てきたりしたんだ。こんな危険なことを……」

額を、こつんと軽く合わされる。それは幼い頃《ころ》、雛花が辛《つら》いことがあって泣くたび、無茶をして怪我をするたびに、慰《なぐさ》めるため、優《やさ》しく叱《しか》るために彼がしてくれていた仕草のひとつ。

「……紅兄さま」

ぽろ、とまなじりから雫《しずく》をこぼす雛花に、志紅ははあっと長い息をつくと、「……いいよ、無事でいてくれたから」と付け加えてもう一度強く抱きしめ直した。涙《なみだ》の伝う頬に、彼の冷えたそれが押しつけられる。次いで、濡《ぬ》れた感触《かんしょく》も。

——頬に、くちづけられた。

「ひあっ……!?」

びっくりして変な悲鳴を漏らし、とっさに彼を押しのけようとする雛花に、「これぐらい許して」と志紅はにべもない。

(ううっ……死にかけたのはたしかだけど。ちょっと心配しすぎ！　どうせこの人は、わたくしが小花《こども》だから、これぐらい近づいたってどうってことないって考えてらっしゃるのかもだけど！)

動揺《どうよう》で俯《うつむ》いたままの雛花の乱れた髪に指を差し込んで、志紅は梳《す》くように撫でてくれる。小さな子供をあやすような触《ふ》れ合《あ》いに、雛花はますます赤くなった。

「こ、紅兄さま……離してください。き、窮奇が……」

「……俺たちの足では追いつけない。もう四妃の姿に戻ってしまっていると思う」

「たしかに、……そ、そうですけれど！」

血の対価を払《はら》ったせいで最悪だった体調も、気づけばどうにか動けるようにまで回復してきている。彼の腕からもぞもぞと抜《ぬ》け出《だ》した雛花が、顔を上げようとした時だ。

するり、と。髪を撫でていた志紅の手が滑《すべ》り、雛花の耳の脇《わき》に挿《さ》してあった簪《かんざし》を一本、抜き去った。雛花にとって大切な思い出の品、母の形見の七宝《しっぽう》胡蝶《こちょう》の簪だ。

「？　紅兄さま……？」

留《と》められていた髪が、その拍子《ひょうし》に、ひと筋ぱらりと落ちてしまう。

「部屋にいないから、まさかとは思ったけど。一人で窮奇と戦おうとするだなんて思いも寄らなかったよ。本当に、きみは無茶ばかりする」

彼はくすっと笑うと、雛花を助け起こすように立たせてくれた。「ありがとうございます」とお礼を言って、雛花はその顔をじっと見つめる。

雛花よりずっと高い上背《うわぜい》。こちらを見下ろす紅玉《こうぎょく》のまなざしは相変わらず優しいけれど、雛花はなぜか、ぞくりと肌が粟立《あわだ》つのを感じた。

「ところで小花。……女媧の力、使えるようになったんだ？」

唐突に問われ、雛花は目を瞠《みは》る。なぜと尋ねる前に「蓮華龍鱗紋《れんかりゅうりんもん》」と右耳を示された。

「それに、聞き違いじゃなければ。さっき、女神に心臓を捧げようとしてなかった？」

とっさに「いいえ勘違いです」と答えたい衝動《しょうどう》に駆られつつ、雛花はおずおずと頷く。

「ええと……身体が言うことをきかなくて、女媧を呼ぶのはあと一度きりが限界でしたから。それならもう心臓しかないかなと……。でも、窮奇を倒すのが天后であるわたくしの役目ですもの。それに、次は紅兄さまが一緒に戦ってくださるなら心強くて……」

「――そう」

（紅兄さま、様子がおかしい……ような……？）

背筋を怖気《おぞけ》が這《は》い、言いようのない不安を覚える。先ほどまで、たしかに『紅兄さま』と会えたと感じていたのに。青白い月を背負《せお》って立つその姿が、まるで、あの簒奪の晩――黒煉《こくれん》の命を奪った時の彼と、重なって見えて。

「小花。やっぱり……きみは、どこまでもきみなんだね。お蔭で迷いが晴れたよ」

我知《われし》らず、雛花は一歩下がろうとした。その手首を彼の指がすかさず摑んだのは同時だった。

「だから、きみの時間を止めてしまうことにしたんだ」

「な……っ!?」

がきん、と耳のすぐ横で鳴った音に、雛花は何が起こったか分からずただ瞠目《どうもく》した。

視線をずらすと、己の首筋ぎりぎりに突き立った、七宝胡蝶の簪の柄《え》。

おそらく、【御】の守りがなければ。

それは紛《まぎ》れもなく、今頃雛花の頸動脈《けいどうみゃく》を刺《さ》し、首を貫通《かんつう》していただろう――。

「……？　小花、きみ、何か護身《ごしん》の術をかけた？」

「紅兄さま、あ、なた……！」

どくどくと心臓が早鐘《はやがね》を打つ。雛花は背に冷たい汗《あせ》が伝うのを感じながら、志紅の手を振《ふ》り払《はら》いよろよろと距離を取った。

「逃げないで」

対する志紅の声は、どこまでも穏《おだ》やかだ。

鮮血《せんけつ》の如きその緋色《ひいろ》の双眸《そうぼう》だけが、炯々《けいけい》とした輝《かがや》きを宿している。

「ま、前に、わたくしのことは殺さないっておっしゃったじゃありませんの……!?」

「事情が変わった」

かろうじて掠れ声で反駁《はんばく》すると、あっさりと前言を翻《ひるがえ》される。

「きみを、あまり傷つけたくないんだ。屍《しかばね》を損《そこ》ないすぎるわけにはいかないから」

口ではそう言いながら、同時に、彼がすらりと腰から剣《けん》を抜《ぬ》き放《はな》つのを、雛花は呆然と見ているしかなかった。


――かくして。

(凶器《きょうき》を持った狂気《きょうき》の幼馴染《おさななじみ》に追われています……！)

何が「逃げないで」だ。ここで逃げない人間がいてたまるか。

では、どうやって彼の前から逃げ出せたかといえば。ひとえに、所持していた令牌《れいけい》のひとつを投げつけて目くらましをしたからに他ならない。

「〝噫吁戯《ああああ》危《あや》うい乎高《かな》い哉、蜀道《しょくどう》の難《かた》きこと青天に上るよりも難し！〟」

詠仙《えいせん》『李白《りはく》』を吟《ぎん》じた途端、雛花《すうか》と志紅《しこう》の間に、めりめりと人の背丈《せたけ》ほどもある土柱が幾本《いくほん》も立ち上がって壁を築いた。彼我《ひが》を隔《へだ》てる峻嶮《しゅんけん》な道に、舌打ちした志紅が飛び退《すさ》った隙《すき》を狙《ねら》い、雛花はまろぶように影壁《えいへき》の裏側に回る。

(か、間一髪《かんいっぱつ》助かった……！　我《われ》ながら普段《ふだん》のとろくささからは想像もできない反射だったわ……！)

おそらく、窮奇《きゅうき》と志紅の襲撃《しゅうげき》を立て続けに受け、恐怖の閾値《いきち》が許容の上限を振り切って、逆に冷静になったのだろう。自分のことなのに、まるで他人事《ひとごと》のように感じられるのがいい証拠《しょうこ》だ。

「抵抗《ていこう》、するんだ？　――仕方ないね。〝容《よう》と韻《いん》とで乾坤《けんこん》を抱け〟」

優しげな声で唱える呪《じゅ》が追いかけてくると思ったら、影壁から一斉《いっせい》に生えるように、針のような氷柱《つらら》が無数に飛び出してくる。

「っ……!?」

衝撃《しょうげき》が波となって叩きつけられ、地べたに転がった雛花の身体は、毬《まり》のように数度跳《は》ねた。したたかに全身を打ち、悲鳴すら上げられない。

（ふ、伏羲《ふっき》の力まで使う……!?）

彼はおそらく、大きな代償《だいしょう》を以《もっ》て【氷《ひょう》】を書いたのだ。【御《ぎょ》】がなければ、今度こそ横ざまに串刺《くしざ》しだっただろう。

さらに立て続けに、上からも驟雨《しゅうう》のように無数の氷柱《ひょうちゅう》が降り注いでくる。巨大な玻璃《ガラス》板《いた》を地べたにぶつけて叩《たた》き壊《こわ》すような盛大《せいだい》な音とともに、【御】の結界を円《まる》く弾《はじ》きながら、周囲に氷でできた槍《やり》の林が築かれた。吹きつける冷気で、心臓まで凍《い》てつきそうだ。

（紅兄《こうにい》さま……ほ、本気で、わたくしを殺す気なの……！）

顔からは血の気が引ききり、その場にへたり込んでしまいたくなるのを、雛花は気力だけで耐える。生まれたての小鹿《こじか》の脚もここまでは震《ふる》えまい。

（お、落ち着かなきゃ……考えないと、かないっこ、ない）

志紅がどうしてこのような凶行《きょうこう》に走ったのか。きっかけは〝天后〟のような気もするが、考えている間に殺されるので今は後回しにする。

まずは彼我の装備の差を確認《かくにん》したい。彼は剣を持った歴戦の勇者。対して雛花は丸腰《まるごし》で、ちょっと走ればすぐへばる弱小落ちこぼれ公主《こうしゅ》。ついでに、女媧《じょか》に血の対価を払って若干《じゃっ》《かん》体調も悪いときた。戦闘力《せんとうりょく》が狼《おおかみ》と仔猫《こねこ》くらい違う。

（紅兄さまは、わたくしが【御】で身を守っているのを見ていた。死体を傷つけたくないとも言っていたから、今のはたぶん、わたくしの位置を摑《つか》んで、ついでに結界の障壁を削るための攻撃。剣で斬りかかってくるとしても目的は同じ……）

——死体。

自分で彼の言葉を思い返しておいてなんだが、つまりはごく当たり前に雛花を殺す前提だということだ。実感してみると、恐怖で妙《みょう》な笑いがこぼれかける。

しかし攻撃のお蔭で、影壁に身を潜めているのが知られてしまった。とにかくここから離れて次に隠《かく》れる場所をと、震える足を引きずるようにすぐそばにある園林に駆《か》け込む雛花の視界の端《はし》を、不意に、金の光がちらつく。

『や。無事だったぁ？　僕の天后《てんこう》』

「女媧！　ちょっと黙って、あと不用意に飛び回らないで！　場所がばれてしまいますわ」

人の形を取ったそれに、雛花は小声で告げる。彼はにこりと笑って手を振った。

『大丈夫だよ、わざと聞かせようとしない限り、このままじゃ僕の声は彼には聞こえないし、姿も視《み》えないから』

「……そうなの？」

『うん。でもあの皇帝《こうてい》の子、可愛《かわい》らしくていいね』

（可愛らしい⁉　さわやかな笑顔で刃物《はもの》を持って追いかけてくる殺人者が⁉）

場違《ばちが》いな形容に、雛花は状況も忘れてのけぞりかけた。

『うん。この間、伏羲《ふっき》が眠っているようだったからちょうどいいかなって、少しだけ彼にちょっかいかけてみたんだよねぇ。存外素直《すなお》な反応が返ってきて、ほんのり嬉《うれ》しい』

(って、この状況まさかあなたのせいなの⁉)

大声になりそうだったので口には出さなかったが、目は口ほどにものを言うを地で体現する雛花に、『やだなあ。僕がしゃしゃり出なくても、遅かれ早かれこうなってたってぇ』と女媧はひらひら手を振ってみせる。

そうこうするうちに、「小花《しょうか》、どこにいるの?」と志紅の声が追いかけてくる。——なかなか近い。

(落ち着け、落ち着くの。わたくしの武器は何? まずは令牌術《れいはいじゅつ》。天后の力は、体力的に使えてもあと一回が限界だわ)

次に、何を以《もっ》て勝利とするか。

(わたくしは紅兄さまを殺したいわけじゃない、それは絶対に嫌! だから、彼をどうにか無力化して、ちょっと膝づめで何がどうなっているのか問い質《ただ》す状況を作り出せたらいいんだわ。あっちのほうは、容赦《ようしゃ》なくわたくしを殺す気でいるのだけど!)

殺すつもり。——本当に?

そこで雛花は、ふと疑問を覚えた。

（紅兄さまが……まったく微塵《みじん》のためらいもなく、わたくしを殺せるものかしら）

この期に及んで、正気を疑うほど楽観的《らつかんてき》な見通しだ。現に殺されかけたばかりだというのに、それでも信じてみようなど。いざという時、彼がわずかでも逡巡《しゅんじゅん》してくれることを。

（そして彼が、わたくしが天后の力を使うことを嫌がっていることも踏まえれば……。読み違えかもしれない。単に自分でそう思い込みたいだけかも。でも……いちか、ばちか）

武人の彼に速度で対抗《たいこう》できる画数の少ない文字、手持ちの令牌で駆使《くし》できる術を頭の中に並べ、素早く策を組み立てる。

緊張で手が震える。心臓が、今にも破裂《はれつ》しそうだ。

（失敗したら、殺される……）

でも、やらなければもとより死ぬ。やるしかない。

雛花は大きく息をつくと、足元の小石を拾い、わざと志紅がいるほうに投げつける。

かん、と音を立てて地面にぶつかったそれに志紅の視線が向く。その瞬間、雛花は短く崑崙《こんろん》の詩を唱えた。

「月暈天風《げつうんてんぷう》、霧《きり》開かず！」

あたりに突風《とつぷう》が吹き、濃霧《のうむ》が立ち込める。志紅の視界を軽く奪った後に、息もつかせず立て続けに「誰か知らん、明鏡《めいきょう》の裏《うち》」と叫《さけ》んで次の令牌を放つ。

「見つけた、小花」

やがて雛花の姿を捉《とら》えた志紅が、微笑《ほほえ》んで剣を振りかぶる。

志紅の方は、当然、雛花が身を引くなり目を瞑《つむ》るなりすると踏んでいたのだろう。だが実際は、己を狙う凶刃《きょうじん》に、魅入《みい》られたように立ちつくすのみだ。

戸惑いが彼の剣閃《けんせん》を鈍《にぶ》らせる。だが、白刃《はくじん》を受けた瞬間、【御】の障壁で守られているはずの雛花の姿は、すぱんと真っ二つに断《た》ち割《わ》られた。

「っ……!?」

さすがの志紅も軽く瞠目《どうもく》するが、すぐに彼は、それがただの虚像《きょぞう》にすぎないと知ることになる。

誰か知らん、明鏡の裏《うち》、形影《けいえい》自《みずか》ら相憐《あいあわ》れまんとは――鏡の中の写し身を眺めながら、そのざまを己で憐れむことになろうなどと、いったい誰が知るものか。本来は、志《こころざし》を果たせぬまま老いさらばえた我が身を憂《うれ》えたものである詠仙『張九齢《ちょうきゅうれい》』の詩をわざと区切り、「鏡の中にすぎないと誰が知るものか」と意味を読み替えて己の変わり身を作り出していた雛花は、彼が偽《にせ》の〝雛花〟に剣を振り下ろすためにこちらに背を向ける瞬間を狙っていた。

「〝韻と容とで乾坤《けんこん》を描け、我が左手をかたしろに我が身に降《くだ》れ女媧娘々《にゃんにゃん》〟！」

「小花!?　駄目だ、使うな……!!」

志紅が顔色を変えて制止する寸前、雛花はすばやく指の筆を【拘《こう》】と滑らせていた。

逃《のが》れゆくものを押さえつけて屈伏《くつぷく》させ、捕《と》らえることを示す、【拘】の一字。

宙に書かれた文字はたちまちに光の帯と化し、志紅の胴《どう》に巻きついて強く縛《しば》り上《あ》げた。


「割り切ったはずだったんだけど、ままならないものだね。……完敗だよ、小花《しょうか》」

「なに普通《ふつう》に話してますのよ!?　一体何がどうしてこうなったのか、一から十まで説明してもらわないことには、この呪《じゅ》は解きませんからね!?　本当に死ぬかと思ったんだから！」

「本当に殺すつもりだったから、それは当然じゃないかな」

「だから何を冷静に怖いことをおっしゃってますのよ！　図太《ずぶと》すぎていっそ羨《うらや》ましいわ!!」

接戦ののち、辛《から》くも術によって志紅《しこう》を押さえ込んだ雛花《すうか》は、【拘】の光に囚《とら》われて動けない彼におそるおそる近づき、詰問《きつもん》していた。気分的には膝《し》づめで談判《だんぱん》したいところだが、さっきの今でちょっと勇気が出ない。

(窮奇《きゆうき》に、紅兄《こうにい》さまに……もう、打ち止めよね？)

今夜はこれ以上、いくらなんでも恐ろしい目には遭《あ》わないだろう。踏《ふ》んだり蹴《け》ったり、盛りだくさんにも程《ほど》がある。次からは是非《ぜひ》、小出しでお願いしたい。もちろんないに越したことはないが。

実感するとなんだか気が抜けてしまって、術に縛《しば》られて敷石に片膝《かたひざ》をついた彼の前に、雛花はぺたんとへたり込んでしまった。

「もうね。……いきなり簒奪《さんだつ》とかいきなり殺そうとするとか、いきなりはやめてくださいませ、いきなりは。心臓が止まりそう」

「予告したら、いいんだ？」

「いいわけないでしょ!?」

さっきまで殺すの殺さないの、命がけのやりとりをしていたとは思えない。間抜《まぬ》けな問答に、雛花は天を仰《あお》ぐ。

「……確認だけど、ここまでしておいて、あなたはわたくしに、理由を話す気はないのね」

「ないよ。きみも、俺の言うとおりおとなしく死んでくれる気は」

「あるわけないでしょ!?」

「そう、残念」

(この男は！)

しれっと嫌な要求をはさんでくる志紅に、雛花はとっさに嚙《か》みついたが。

「きみは、俺が嘘《うそ》だらけだと言ったけど。俺はきみに嘘はつきたくないし、実際ついていない。隠《かく》し事《ごと》はたくさんあるけど、そのせいできみを悲しませているから、余計に」

頑《かたく》なな志紅に、雛花はとっさに言葉に詰《つ》まる。

（何よ、その子供じみた言い分！）

かちんときて、同時に雛花は開き直った。ならば、こっちもせいぜい、言いたいことを言わせてもらうだけだ。

「あのね、それじゃあわたくしも、この際だから好きに言わせていただくわ。いい加減にしなさいよ。わたくしは何がなんでも天后になるって決めてるの。死んでも諦めてなんてやらない。あなたがどれだけ邪魔したって無駄なんだから」

「言葉を返すようだけど。俺もそれだけは絶対に認めるわけにはいかな……」

「お黙りなさい！　この――万能野郎!!」

「…………は？」

「いやだ、〝野郎〟なんて汚《きたな》い言葉を使ってごめんあそばせ。でもね、そうなのよ。見てくれが良くて体格も身長も恵《めぐ》まれていて頭まで良くて剣が使えてよく気がついて人望があって、優しくて穏やかで声が甘《あま》くて、一緒《いっしょ》にいるだけで胸が切なくて。昔から、そんなあなたが、心っ底、本っ当、心臓がどきどきするくらい妬《ねた》ましかったの！」

雛花の文句に、志紅は、たっぷり数十秒は固まっていた。

「ええと、ありがとう？　じゃなくて、……ごめん小花。いちおう罵倒《ばとう》ってことでいいのかな。この流れでその言葉が選ばれるのが割と本気で分からないんだけど、解説してもらっていい？」

しばらく経《た》って、おずおずといった風情《ふぜい》で問いかけられ、雛花はますます眉《まゆ》を吊《つ》り上げた。

「そんなの自分で分かりなさいよ！　言わせないでよ！」

「いや、それ、けっこう理不尽《りふじん》じゃないかな？」

「言い草が理不尽なのは百も承知ですけれど、こっちはずーっと、その数千倍は理不尽な目に遭っているのよ。我慢《がまん》なさい」

「それもそうだね？　……いや、どうだろう」

なおも解《げ》せない様子で首をひねる彼に、雛花は仕方なく補足を加える。

「だから、ええと……つまり、わたくしに憧《あこが》れられるあなたでいてくださいな、ってこと。あなたがどうしてわたくしと道を違《たが》えたのか……その理由は、理解できないけど。でも、いつでも泰然自若《たいぜんじじゃく》な紅兄さまでいてよ。そうじゃなきゃ、わたくしの嫉妬《しっと》はどこへやればいいの」

ひと呼吸のあいだに言い切ってしまうと、雛花はぜえぜえと肩で息をした。

「……小花？」

一方の志紅は、呆気《あっけ》に取られた顔でこちらを見つめ、紡《つむ》がれる言葉に聞き入っている。

「第一、あなた簒奪帝《さんだつてい》でしょう!?　煉兄《れんにい》さまから無理やり奪ってまで帝位についたからには、曲がりなりにも果たすべき責務《せきむ》ってものがあるのじゃなくて。少なくとも今のあなたにとっての最優先事項は、天后のわたくしとのくっだらない喧嘩で力の無駄遣いすることではなく、わたくしと協力して窮奇を倒して四妃を救うこと！　違う!?」

何も話してくれないなら、せめてこれくらいは言わせてほしい。

涙の滲《にじ》む孔雀《くじゃく》緑《みどり》の眼《め》に、精《せい》いっぱいの非難《ひなん》を込めて睨みつけてやると、志紅は、こくりと唾《つば》を呑《の》み。

「ふ、……」

それから、耐えきれないように、噴《ふ》き出《だ》した。

肩を揺らし、身を折って笑う彼に、ついていけずに雛花は目をしばたたく。

「はい？　あの、紅兄さま、じゃなくて、志紅……？」

「あはは、……そっか。ふっ、はは」

（……？　なんなの。わたくし、何か変なこと、言った？）

――時おり咳《せ》き込んで苦しげな呼吸を整える彼に、わけが分からず雛花は天を仰ぐ。

気づかなかった。

そこにはまるで、一面の黒布に宝石の粒《つぶ》を撒《ま》き散《ち》らしたような星空が広がっていた。

「はー、久しぶりにこんなに笑った……」

「あらそう、わたくしは気味が悪かったわ」

やがて、落ち着いたらしい志紅を、口をひん曲げて雛花は見つめる。そして、彼に向かってそんな言葉が出る日が来るなんて思ってもみなかったな、と唐突《とうとつ》に感じた。

(憧れで、大好きだった〝紅兄さま〟と、これまで築いてきた関係は、もうぐちゃぐちゃに壊《こわ》れてしまった。変わったのは彼だけじゃない。わたくしだって、彼への態度はもう、……今までどおりではないもの)

俺に任せて、小花。そう言って、幾度も笑顔で手を差《さ》し伸《の》べてくれた人は、もう、過去のまぼろしでしかない。

――失われた優しい関係を惜《お》しむのは当たり前だ。

でも、感傷《かんしょう》は後回し。壊れてしまったからには、創り直すしかない。

(わたくしは天后で、この人は皇帝《こうてい》。……互いに桃華源《とうかげん》の支柱なのだもの)

それが今までのように、手を取り合い、寄《よ》り添《そ》い合うようなあたたかなものではなくても。これからも自分は、彼と対峙《たいじ》していかねばならない。

それからしばらくの沈黙《ちんもく》の後、雛花はおもむろに口を開いた。

「紅兄さま。結局わたくし、……なんだかんだ、諦《あきら》めたくなかったの。あなたが何を考えているのか知って、わたくしの気持ちも理解してもらって。いつかまた、……昔みたいに一緒に手を取り合って、同じ道を歩める日が来るかもって、夢を捨てきれなかった」

「……小花」

「甘ったれにもほどがありますわよね。だから金輪際《こんりんざい》、そんな幻想は捨てます」

志紅が何か言う前に、腹に力を込め、雛花はきっぱりと宣言した。

「あなたがわたくしを殺そうとする限りは、毎日四六時中、女媧娘々《じょかにゃんにゃん》の力を使って身を守るための文字を纏《まと》うわ。協力してもらえないなら、今日みたいに無茶だってする。わたくしは四妃《しひ》を助けたい。窮奇を見逃《みのが》せない。たとえ討ち死にすることになってもね。自分の希望とあなたの希望がすれ違うなら、あなたとだって戦うわ。志紅」

苦しい。彼の、雛花を守ってくれようとするその心が分かっているからこそ――心臓に錐《きり》を食い込ませるような痛みが襲ってくる。

(でも、これは言わなくちゃいけないこと)

桃華源は言葉が力を持つ。だからこそ、雛花は強く言い切った。

「わたくしの手を取るか、わたくしが窮奇に無惨《むざん》に殺されるのを黙って見ているか、今、ここで選んで」

白い手をその額の前に差し出し、雛花は、【拘】を解いてなお跪《ひざまず》いたままの志紅を見下ろした。

お互《たが》いに過去を、思い出を壊しながら、行き着く先はどこになるのか。

彼は言葉もなく雛花のまなざしを受けとめていたが、やがて、深いため息をつく。こぼれたのは、諦めたような苦笑《くしょう》だ。

「……いや。幻想に囚《とら》われていたのは、むしろ俺の方かもしれない」

「えっ？」

また議論が平行線を辿るのかと身構えていた雛花にとって、次の彼の言葉は、予想外のもので。

「俺は。……目的のために今まで築いてきた関係を壊すことも、きみを傷つけることも、必要なら仕方がない、って思っていた。思おうとしていた。でも」

やがて立ち上がった彼と、雛花は戸惑いつつも対峙《たいじ》した。その鮮やかな緋の瞳に滲む、哀しげな色を見上げながら。

「きみに――そんなことを言わせてしまうくらい、俺はきみを追いつめていたんだね」

彼は眉根を寄せ、「さっきの策も」と言い添える。

「俺がきみを害するのをためらうことを前提《ぜんてい》に、その隙を突いて裏をかく。きみはそれができても、平気でできる人間じゃない。って、……ちゃんと知っていたはずなのに」

「！　紅兄さま？」

「きみが俺のせいで、そんな風に自分で自分を歪《ゆが》めて傷つけることが。俺には、……存外、平気じゃなかったみたいだ。それなら、俺が出方を変えればいい」

そう呟く志紅《しんし》の表情は、真摯で。吹っ切れたように晴れやかでもあった。

「今回は俺が折れる。協力して窮奇を倒そう。あと、これから毎日命を狙ったりもしないから、術で身を守らなくても大丈夫」

「……本当ですわね？」

「うん。さっきも言ったけど、きみがきみらしくいられるままで、徹底的に道を阻むやりかたを考えることにするよ」

（それはそれで怖い宣言よね！）

ついでに、「だから当然、後宮に拘束して、他の妃嬪《ひひん》を人質《ひとじち》にするのはそのままだけどね」とも続けられて眉間《みけん》を揉《も》む。

――彼との新しい関係における主導権争いは、五分《ごぶ》と五分《ごぶ》のようだ。

5 嘘つきは誰か

志紅《しこう》と作戦会議をしていたら、いつの間にか東の空が紅《くれない》を帯びつつある。いい加減、兵たちにかけた【眠《みん》】も解けてきているだろうし、起きたら皇帝、皇貴妃《こうきひ》共に不在にしているしで、きっと後宮《こうきゅう》は大騒《おおさわ》ぎになっているだろう。

(珞紫《らくし》も目を覚まして心配しているでしょうね。帰ったら大目玉を覚悟《かくご》しないと)

「そろそろ、戻ろうか」

ぼんやりと暁《あかつき》の空を眺《なが》める雛花《すうか》の心を読んだように、志紅《しこう》が促《うなが》してくれる。頷《うなず》いた雛花は、彼の顔を見ずに立ち上がった。

園林の中を歩きながら、お互《たが》い無言のままだった。ただ、静かな息遣《いきづか》いや鳥の声、枯《か》れ葉《は》や土を踏《ふ》みしめる音だけが、薄明《はくめい》のしじまに密《ひそ》やかに落ちていく。それでも気まずさはないのが、不思議だ。

(本音をぶつけ合えたからかしら。……なんだかちょっと、気が軽い)

そうこうするうちに、つい先ほどまで派手に大暴れを繰《く》り広《ひろ》げた影壁《えいへき》のそばに戻ってくる。てっきり誰《だれ》もいないかと思いきや――前方を睨《にら》む座龍《ざりゅう》の浮彫《うきぼり》に背を預けるように、先客が一人いた。

「おはようございます。いい朝ですな。実にさわやかです」

「……彗《すい》縹《ひょう》さま？　どうしてこちらに」

いつからここにいたのだろうか。

澄《す》んだ朝の光を吸う緋《ひ》色《いろ》の袍《ほう》は目に鮮《あざ》やかだが、うっすら朝露《あさつゆ》に濡《ぬ》れているように見えなくもない。しかし疲れなど微塵《みじん》も感じさせない様子で、こちらに向けて武官《ぶかん》の拱手《きょうしゅ》を以《もっ》て礼を示すと、彗縹はにこにこ微笑《ほほえ》んで尋《たず》ねてきた。

「それで、ご両名は無事に話ができましたかな」

「え」

問いかけにぎょっとしたのは雛花はもちろんだが、隣《となり》で志紅もわずかに瞠目《どうもく》している。

「おや。雛花公主《こうしゅ》がご無事でいらっしゃるということは、おふたりで腹をかっさばいたお話がすんだということかと解釈《かいしゃく》しておりましたが……勘違《かんちが》いでございましたら、耄碌《もうろく》ジジイの世迷《よま》い言《ごと》とでもお聞き流しください」

細い眼《め》を眇《すが》めて片眉《かたまゆ》を上げる彗縹に、雛花は「ああ……」と納得《なっとく》する。

「灰英《かいえい》といい……なんか最近、自称《じしょう》耄碌ほにゃららが周囲に湧《わ》きまくりですこと。よくおっしゃいますわ。わたくしよりよっぽど長生きしそうなかたばっかりで羨《うらや》ましい限りなのに」

「雛花公主、何か？」

「いいえなんでも」

適当に誤魔化《ごまか》す雛花に、「まあ、長生きはさせていただくつもりですよ」と彗慓は朗《ほが》らかに笑ってみせた。しっかり聞こえているんじゃないか、と雛花は呆れる。

「それで、いかがです。落とし所は見つかりましたか。しかしまあ、語らう前にまずは拳《こぶし》で分かり合おうとするあたりが、当世風の夫婦像《ふうふ》なのですかなぁ」

「……彗慓どのは、最初から俺たちに話をするように示してくださっていたのですか？」

眉《まゆ》をひそめて問いかけたのは志紅だが、彗慓はからりと笑って否定した。

「いいえ。雛花公主が亡《な》くなられれば予定どおり禁術《きんじゅつ》を施《ほどこ》しましたし、生きていらっしゃればそれはお二人で当座の意見のすり合わせができたということですから、どちらにせよ陛下《へいか》に不都合はないと考えておりました。不敬《ふけい》とお思いですかな？」

羽扇《うせん》をひらひらさせながら、いけしゃあしゃあと、つまり雛花がどうなっても構わなかったのだと言外に断じてみせる彗慓に、雛花はふらりと背後によろめきかける。

（こ、この狸《たぬき》ジジ……じゃなくて、なんって食えないお人かしら……！）

雛花が睨みつけても、彗慓は意に介する様子もない。その余裕がなおいっそう腹立たしいが、同時に、ふと彼の顔を覗き込んで気づいてしまう。

──薄青の眼が、まったく笑っていないことに。

もっとも、冷たいその色にぞっとした雛花の怯《おび》えを察したのか、それはごく一瞬のことで、すぐにごく穏やかないつもの表情へと戻ってしまったのだが。

（……どこか信頼できないって思っていたけど。この人も、何かを抱えているのかしら）

とはいえ、今はそれを探るべき時ではない。気持ちを切り替え、雛花は悪態《あくたい》をついた。

「不敬というより、それで殺されるほうはたまったものじゃないというか！　むくつけき野郎《やろう》に追われて困っている女性を助けるのは世の男の務《つと》めじゃなかったんですの⁉」

「そんな。見目涼やかでいらっしゃる陛下を、むくつけき野郎などとは呼べますまい」

（ほんっと口先が達者《たつしゃ》ですこと！）

額を押さえる雛花に、彗䌨は肩を竦《すく》めた。

「務めといえば、迷える若人《わこうど》の背中を押すのは年配者の務めですからね」

「……？」

なんのことだ、と目を瞬《しばたた》く雛花の横で、一方の志紅は何か感じるところがあったらしい。彼は深々と頭《こうべ》を垂れ、かつての父の副官に礼を捧《ささ》げた。


「ひどいじゃないですか娘々《にゃんにゃん》。私にまで術をかけるなんて。目が醒《さ》めた後、どんだけ焦《あせ》ったと思ってるんです？　え？」

　ちなみに、やはりというか、――後宮《こうきゅう》に帰った後、珞紫《らくし》にはぶちぶちとしつこく責められることになった。

　臥室《しんしつ》の扉《とびら》の前で立ちん坊《ぼう》し、極限まで不機嫌《ふきげん》になった仏頂面《ぶっちょうづら》をひっさげ待ちかまえていた彼女に、雛花《すうか》は「あちゃあ」と額を押《お》さえた。志紅《しこう》は政務があるので、外廷《がいてい》で別れてしまったが、無理やり連行してきて文句の半分を負担させればよかった。

　説明しようにも、へとへとに疲《つか》れていた雛花は、お願いだから少しだけでも眠《ねむ》らせてと頼《たの》み込み、しぶしぶといった風情《ふぜい》の珞紫の前をすり抜《ぬ》けて寝台《しんだい》に沈没《ちんぼつ》したのである。

　そのまま意識が飛んで、気づいたら昼前だった。

「無断で夜に出かけて朝帰りなんて、どこ行ってたんです？　……泥《どろ》だらけで、陛下《へいか》とよろしくやってた、って格好でもないですよね。それに、七宝《しっぽう》胡蝶《こちょう》の簪《かんざし》もないし」

「ええっと、……ちょっとね？」

（い、言えない。夜のうちに、各方面から殺されかけてたなんて。というかそもそも、紅《こう》兄《にい》さまがわたくしの命を狙《ねら》ったことって、珞紫は知らされていたのかしら）

　今日も今日とて保育後宮に精を出しつつ、珞紫の出方が読めないこともあり、雛花は適当に誤魔化《ごまか》していたのだが、相手のほうは業《ごう》を煮《に》やしたらしい。

　午後に少し出かけて、それからふっつりと何も尋《たず》ねてこなくなった。

（どこに行ってたのかしら）

首を傾《かし》げつつ、雛花は珞紫から視線を外して四妃《しひ》たちを見る。

今の雛花たちがいるのは、泰坤宮《たいこんきゅう》を出たところにある、後宮敷地《しきち》内の園林である。いい天気なので、今日は四妃たちを連れて外にお散歩に出かけることにしたのだ。

春の陽気は、少し汗《あせ》ばむほどにぽかぽかとあたたかい。先ほどまで池で水遊びをしていた妃たちは、今度は灰英《かいえい》たちと一緒《いっしょ》に地べたに座《すわ》り込み、花冠《かかん》の作り方を教わっているようである。

池に浮《う》かぶ真鴨《まがも》や鴛鴦《おしどり》を指さして笑ったり、きれいな石ころや葉っぱを集めたり、彼女たちは実に自由気ままだ。

（あー、平和だわ……表面だけは）

この中に窮奇《きゅうき》がいるなんて嘘《うそ》のようだと思うが、今も少し離《はな》れたところから、兵や令牌《れいはい》術士《じゅつし》が物々しく様子を窺《うかが》っており、穏《おだ》やかな光景に現実の刃《やいば》を突きつけている。

（……といっても。紅兄さまが言っていたことだけれど。今は、窮奇の変幻にまったく隙がないわけじゃないはずなのよ）

昨晩、志紅の【刀《とう》】を浴び、窮奇は肩に深手《ふかで》を負っている。さすがに傷がそのまま残っていたり、あからさまに肩を庇《かば》うような仕草を見せたりはなくても、従前に比せば、術に綻びが生じるはずだ、と。

(それに。以前と〝まったく同じ〟ではない子がいるのもたしかなのよ……ね？)

四阿《あずまや》の椅子《いす》に腰《こし》かけて四妃たちを見つめる雛花のそばで、同じほうを見ながら「和《なご》やかですねぇ」と呟《つぶや》いていた珞紫は、ごく何げない調子で、唐突に核心に迫ってきた。

「殺されかけたそうですね、娘々。あいつに」

「……え」

「なんで黙《だま》ってたんです？」

四阿の柱に背を預けた珞紫は、いつの間にか険《けわ》しい顔でこちらを見据《みす》えていた。琥珀色《こはくいろ》の瞳《ひとみ》には、はっきりと怒《いか》りが宿っている。こくりと唾《つば》を呑み、雛花は控《ひか》えめに反論した。

「それは、……おまえは志紅側の人間なわけだし、当然、知っているのかと思ったのよ」

「知るわきゃないでしょうが。んなもん、いくらなんでも、刺《さ》し違《ちが》えても止めますよ」

(こ、これは、相当頭に来てるわね……？)

雛花は冷や汗を拭う。滅多《めった》にないことだが、珞紫の口調は雑に荒《あ》れている。彼女がこうなるのは、我《われ》を忘れるほど感情を制御《せいぎょ》できていない証《あかし》だ。

「じゃあ、今はどうやって知ったの」

「さっき本人に訊いてきました。ついでに一発ブン殴《なぐ》ってきました。避《よ》けやがらなかったのが、余計苛《いら》ついてしゃーないですよ。わざとでしょうからね」

しばらく外していたのは、志紅のところに直接尋ねに行っていたから、らしい。

「おまえ……その現場、誰かに見られてないわよね？」

「見られてませんよ。そのへん、あの野郎《やろう》も抜かりねえですから」

びくついた雛花は念のため確認しておく。簒奪帝《さんだつてい》だろうと皇帝《こうてい》の玉体《ぎょくたい》を殴《なぐ》り倒《たお》すなど、思いきったことをしたものである。

「私は、……あの男が、あなたを守ることに関しては絶対に私を裏切らんだろうと思ったから、従っていたんです」

やがて珞紫は、腹の内に渦巻《うずま》く感情を逃がすように、押《お》し殺《ころ》した声で漏《も》らした。

（わたくしを、守る？）

きょとんとした雛花だが、すぐに、とある可能性に気づいて表情を改める。

（ひょっとして、今の珞紫なら……答えてくれるかもしれないわ）

「いい加減、ちゃんと聞かせてもらうわよ。おまえ、どうしてわたくしを裏切って、志紅につくことにしたの？　煉兄《れんにい》さまに叛意《はんい》があったわけでもないんでしょう」

意を決し、雛花は口を開く。もっとも、今まで珞紫には何度も同じ質問をぶつけてきた。しかし、そのたびに「何も知りませんよ？」とそらっとぼけられてきたのだ。

ついでに、やたら志紅とくっつけたがる件に関しては、「他意はないです」で一貫《いっかん》して押し切られている。

「……教えて。お前は何を知っているの？」

「特に何も」

「とぼけないで」

「本当に、何も知らないんですよ」

思わず「この期《ご》に及《およ》んで……！」と気色《けしき》ばんだ雛花は、ふと長年の侍女《じじょ》のまなざしを見て、追及《ついきゅう》の手を緩《ゆる》めた。

「まさか。本当に、……何も知らないの？」

「本当に、何も知らないんです」

彼女と雛花の付き合いは長い。そして、日頃から接し続けていた雛花は、珞紫の真意に関しては誰よりも正確に読み取る自信がある。しかしここで、彼女はふと話題を変えた。

「娘々って、私の武術の師がもともと誰かご存じですっけ？」

珞紫の唐突《とうとつ》な振《ふ》りに首を傾《かし》げつつ、雛花はいちおう記憶《きおく》を探《さぐ》る。

「え？　荊家《けいけ》のどなたかに師事《しじ》していたって話は聞いていたけど……」

「実はね、荊志青《しせい》さまなんです」

「……！」

もっとも『荊《けい》の乱《らん》』の前にはすっかり疎遠《そえん》でしたけどね、と続ける珞紫に、雛花は戸惑《とまど》う。珞紫は懐《なつ》かしそうに目を細めた。

「ので、陛下とは腐《くさ》れ縁《えん》というか、師匠《ししょう》のおまけのクソ嫌味《いやみ》なあん畜生《ちくしょう》というか、何から何まで癪《しゃく》に障《さわ》って大変嫌《きら》いでした」

「……道理で妙《みょう》に仲がいいと思ってたのよね、昔から」

「やめてください、よくもなんともないです。あんな偏執《へんしゅう》野郎、怖気《おぞけ》が走る」

本気で嫌《いや》そうなので、雛花は「そんなこと言って実は」と茶化すのをやめた。本題から逸《そ》れるし、次の反応が予想できるので。

（あ、でも、言われてみれば納得するかも）

珞紫は、荊家が没落《ぼつらく》する前から、家格がずっと上の志紅に対して雑な態度だったし、それは彼が出世して儀同《ぎどう》将軍《しょうぐん》になった後も同じだった。ついでに志紅も、珞紫に対し、妙に慇懃《いんぎん》な態度だったのだ。

そうした距離感《きょりかん》の不思議に気づいてはいたが、二人が恋人同士なのかもしれない――と邪推《じゃすい》していた雛花は、真実を知るのが怖《こわ》くて訊くに訊けなかった。まさか、こんなところで判明しようとは。

雛花が首を傾げていると、不意に珞紫は表情を改め、「簒奪の前に」と続けた。

「陛下は私に、『小花《しょうか》を決して天后《てんこう》にするわけにはいかないから、協力してくれ』と頼《たの》んでみえました」

「……志紅が？」

「事情を尋ねたら、『貴女《あなた》の身にも危険が及ぶから言えない』だとか。ものすごく、かつてないほど真剣《しんけん》な顔つきでしたので。ああ、こりゃなんかあるなと思って協力したんです。あなたとあの野郎を近づけようとしてきたのも、天后の条件を満たせなくなるようにするためってだけ。ですので、実は詳《くわ》しいことは何も知らないんですよ」

あっはは、と軽《かろ》やかに笑う珞紫に、「そんな馬鹿《ばか》な……」と雛花は呆然《ぼうぜん》としていたが、珞紫の瞳を見てそれが真実なのだと悟《さと》る。

だが、彼女の発言には、十分に価値があった。

(……やっぱり、紅兄さまにはわたくしを天后にするわけにはいかない事情があって——なるほどね)

志紅が、執拗《しつよう》なまでに簒奪の真実を隠《かく》すのはそのためなのだろう。

「……でも、私の見込み違《ちが》いだったみたいです」

考え事に耽《ふけ》って視線を床《ゆか》に投げていた雛花は、不意の珞紫の言葉に面《おもて》を上げた。

彼女は束ねた栗色《くりいろ》の髪《かみ》を揺《ゆ》らし、雛花より少し高い背を曲げて、視線を合わせてくる。

にっこり笑った顔は、昔から面白がりの彼女が、悪戯《いたずら》を思いついた時のそれだった。

「だから、何かをお知りになりたいなら。これからは、あなたに協力しようかなあって思います、娘々。まあ、天后になるのはよろしくないってのは真実っぽいんで、これからも不本意ながら陛下との仲は応援《おうえん》しますけどね」

淡《あわ》く笑む珞紫に、雛花は「まだ訊きたいことは終わってないのよ」と眉をひそめる。

「何も知らなかったのなら、どうして最初からそう言わなかったの？　お蔭《かげ》でわたくしは余計な気を揉《も》んだわ」

「うーん、それはですね」

予想外に、侍女は少し困ったような顔をした。その表情がひどく無防備に見え、雛花は戸惑う。

「あの野郎……じゃなくて陛下があなたに執着《しゆうちやく》する半分でも、あなたがご自身を大事にしてくれていたら、たぶん私は徹頭徹尾《てつとうてつび》あなただけの味方だったと思います」

「は？　なにそれ、どういう意味……っ！」

突《つ》き詰《つ》めて尋ねようと身を乗り出したところで、どさりと何かが倒れるような音と、子供たちの叫《さけ》び声《ごえ》が聞こえ、雛花は珞紫と同時に振り向いた。

「なにごと⁉」

話は後回しだ。慌《あわ》てて四阿を飛び出して駆《か》けつけると、二人の妃が取っ組み合いの喧嘩《けんか》をしており、そこに兵士や老婆《ろうば》たちが割って入るところだった。

妃たちはやがて落ち着いたのか手を離したが、途端《とたん》に片方は火がついたように泣きだし、もう片方は唇を噛《か》んで黙ったまま俯《うつむ》いている。

泣いているのは葵淑妃《きしゆくひ》。地面を睨《にら》んでいるのは李徳妃《りとくひ》だ。ついでに、ただならぬ雰囲気《ふんいき》に呑《の》まれたのか、茗貴妃《めいきひ》までもらい泣き喚《わめ》いていた。桐賢妃《とうけんひ》だけが、我が道を行く風で花冠を作成続行中である。

（また、李徳妃さま？　でも、これは……）

「……いったいどうしたんですの」

子供たちを押さえていた灰英の袖《そで》を雛花が引くと、彼女は「どうしたもこうしたもないサ」と乱れた髪を掻《か》き上《あ》げる。よく見れば彼女の装《よそお》いは、簪は抜けかけ、上衣に鉤裂《かぎざ》きまでできていた。まったく、子供の暴れ方は容赦《ようしゃ》がない。

「さっきまで仲良く花を編んでたんだけどねえ、いきなり葵淑妃さまが李徳妃さまに摑《つか》みかかったんだよ。肝《きも》が冷えるったらない。……あんたたちもご苦労だったね、単なる子供の喧嘩《けんか》だよ。ばけものの仕業《しわざ》じゃなさそうだ」

灰英の言葉に、緊張していた兵たちも戸惑いながらも距離を取ってくれる。もっとも、常に動けるように警戒《けいかい》は怠《おこた》らずになので、お仕事お疲れさまですと言う他ない。

「さっきまでどんな話をしていたんですの？」

「たしか、将来はなんになりたい、みたいな他愛無《たわいな》い話だったように思うんだけどねえ……」

灰英と雛花のやりとりを、甲高《かんだか》い声が遮《さえぎ》った。

「あ、あたくち、わるくないもん！」

不意に、目に涙《なみだ》をいっぱい溜《た》めたまま叫《さけ》んだのは葵淑妃だ。

「りとくひさま、いじわるだもん！　わるくないもん！」

「……李徳妃さまが？」

「あたくち、いつか金魚になるんだもん！　おさかなになって、うみをおよぐんだもん」

「きんぎょ」

葵淑妃の言葉を復唱し、雛花の目が点になった。

（金魚は海じゃなくて池にいるんじゃや……いや、この場合の問題はそこじゃない）

この年頃《としごろ》の子供って、突拍子《とっぴょうし》もない夢を見たりするものね、とどうにか平静に戻る雛花に、葵淑妃はなおも言い募《つの》った。

「なのに、いっしょう、うみにはゼッタイ行けないって。お、おかあしゃまにも、会えないなんて、ウソつくの。あたくち、わるくないっ！」

しゃくり上げながら言うだけ言い切ると、葵淑妃はまた大声で泣きだした。そのたどたどしい釈明《しゃくめい》に、雛花は不覚にも感動する。

（すごい。あの何言ってるか全然分からなかった葵淑妃さまが、きちんと物事を説明できるようになってる……。この保育後宮で、たしかな成長が……！　って、そうじゃなくて）

「李徳妃さま。葵淑妃さまのおっしゃることは、本当ですの？」

しゃがみ込んで子供の目線に合わせると、雛花は李徳妃の顔を覗《のぞ》いた。

「う、……ウソじゃないもん」

返ってきたのは、蚊《か》の鳴くような声である。

「どうしてそんな意地悪を？」

「いじわるじゃない！　おしえて、あげただけっ！　あたくしたち、おとうさまとおかあさまに捨てられたの！　もう二度と、ここから出られないんだもん！」

「え……」

「ほ、ほんとだもん！　おうちで使用人が言ってたもの！　小さい子ばっかり集めるなんて、今のヘイカはきっとヘンタイで、ええと……ショウニ、アイコウカ？　だって！　こ、後宮に入ったら、二度と、生きて出られないんだって！」

その口上《こうじょう》に、雛花はびしりと凍《こお》りついた。

（……しょ、小児愛好家《しょうにあいこうか》の変態……紅兄さまが……）

同時にすぐ背後で、珞紫がぶべふっと盛大《せいだい》に噴《ふ》いたので、軽く肘《ひじ》を入れておく。別に彼を擁護《ようご》する気はないが、気遣《きづか》いがとんだ裏目に出ていることには多少同情しなくもない。

（まあ、窮奇の件は公《おおやけ》には伏《ふ》せられてるから、使用人たちにそう思われても無理ないけれど！　そういえば、李徳妃さまにも出合い頭にむっちゃくちゃ泣かれて逃げられてたわよね、あの人……うわあ、道理で）

「す、すいひょうおじさまだって……あたくしのこと、だいすきだって。しょうらいは、およめさんにしてくれるんだって、いったのにっ。ヘンタイのヘイカの後宮に入れるなんて。ウソつき、だいきらいっ……」

そして、李徳妃が彗星《すいひょう》を嫌っていた理由も同時に判明して、得心《とくしん》がいく。

（窮奇を退治するために、後宮に李徳妃さまたちを入れる算段《さんだん》をつけたのは、彗嫖さまだものね。それを知ってしまったから、ご両親から自分を引き離した上、あまつさえ他の男に嫁がせようとするんだと思って、嫌っていたんだわ）

この年齢にありがちな、将来はお父さまならぬ「おじさまと結婚する！」というアレだ。愛妻のいる身で姪っ子の幼女まで籠絡《ろうらく》する、彗嫖のタラシっぷりの是非《ぜひ》はさておき。

「おかあさまぁ、おとうさまぁ」

静かに納得する雛花の前で、とうとう李徳妃も一緒になって声を上げて泣きだした。

「なんで、おいてったの。あいたいよう。もうわがまま言わないから。いい子にするから」

わあわあ、と子供たちの泣き声がその場に満ちる。

（わたくしも小さい頃《ころ》は、お母さまの姿が見えなくなるだけで不安で泣いていたもの。何日も引き離されて、さぞ心細かったでしょうね）

泣き腫《なは》らして赤くなった目は、かわいそうだけれど、愛《いと》おしい。

（それに、他のお妃さまたちがわがまま言ったり、暴れていたのも、同じ理由だったとしたら……）

ここにいるのが嫌で、帰りたくて、母や父が恋しくて仕方なくて。まだ言葉も十分に分からない稚《いとけな》さでも、必死にそれを訴《うった》えていたのだとしたら。

「どうするかねえ、これ。収拾《しゅうしゅう》つかなくなってきたよ」

ため息をつく灰英に「ちょっとだけ任せて」と目くばせし、彼女たちが少し落ち着くまで待つと、雛花は改めて李徳妃と視線を合わせた。

「あのね、李徳妃さま。二度と会えないっていうのは、お母さまやお父さまが直接おっしゃったことなの？」

「……ううん」

「ご両親は、あなたになんて？」

「おぎょうぎを、ならうだけって。すぐむかえにくるからって。でも、あたくしをここに連れてきたの、おじさまだし……」

「なるほどね。それじゃ、その彗纓さまに直接尋ねてみましょうか」

雛花はおもむろに珞紫を振り返り、「お願いがあるんだけど」と声をかけた。

「李将軍を呼んできてもらえないかしら。たしかそろそろ巡回に来てくださる予定だから、この辺りにいらっしゃると思うの」

――やがて珞紫に伴われて駆けつけてくれた彗纓は、喧嘩のために髪や服を乱した李徳妃を見て目を丸くした。

「小莉《しょうり》！　大丈夫かい。どうしたんだ、お姫さまが泥だらけになって、ひっかき傷までつけて。可愛い顔が台なしじゃないか。きみのお母さまとお父さまが見たら悲しむよ」

　李徳妃の愛称を呼びながら、膝をついて銀色の髪を撫でる彗絛に、雛花は「姪《めい》っ子《こ》の五歳児相手でも自然に口説《くど》き文句《もんく》が……!?」とほんのり慄《おのの》く。これはたしかに純粋な子供などいちころだろう。

　一方、あんなに彗絛を疎《うと》んで「おじさま嫌い！」と罵《ののし》っていたはずの李徳妃は、その彼がいざ目の前に現れると、どう反応したらいいのか分からないらしく、戸惑っている風だ。

「ねえ、おじさま……。おとうさまとおかあさまは、あたくしのこと、いらなくなったから、……おじさまにたのんで、後宮に入れたんじゃないの？」

「そんなわけがないだろう」

　少し怒ったような様子で、彗絛は李徳妃の両頬を包む。

「姉上も義兄上《あにうえ》も、大切な大切な小莉を進んで手放すわけがない。二人とも、小莉が心配でずっと夜も眠れていないし、早く会いたくて毎日泣いているのに」

「ほ、ほんと？」

「本当だとも。おじさまが今まで小莉に嘘をついたことがあったかい」

「それじゃあ、おじさまも、あたくしをキライになって後宮に入れたんじゃ……？」

「こんなに素敵なお姫様を嫌いになる男なんて、桃華源《とうかげん》じゅう探してもいるものか」

　その言葉を聞いた途端、李徳妃の眼に新たな涙が盛り上がり、彼女はそのまま叔父の胸に飛び込んだ。

「わぁん、おじさまぁ！　ごめんなさい！　だいすきよ、きらいなんてウソなの！」

「ああ、おじさまも小莉が大好きだよ」

大粒の涙をこぼしながらしがみつく李徳妃の小さな体を軽々抱き上げ、彗縹はぽんぽんとその背を叩いている。

（あ、よかった。……なんだか誤解も解けて、叔父と姪の確執《かくしつ》も一緒に解消されたみたい？　っていうか李徳妃さま、とりあえずその男《ひと》はやめた方がいいから……）

なんにせよ、この場はどうにか収まったようだ。そして彼女の言動は、重要な手掛かりを雛花に与えてくれた。

「李徳妃さま。皆さまも。ご安心くださいな。必ずもうすぐ、ご両親に会えますから」

雛花が呼びかけると、彗縹の腕の中から、李徳妃が鼻声で噛みついてくる。

「すぐって、いつ？」

「そうね。今までだったら、いつになるやら、としか言えなかったものだけれど……」

唇に人差し指を当て、雛花は悪戯っぽく微笑む。

「李徳妃さまのお蔭で、明日にはもうおうちに帰れるかもしれないわ」

そう。

彼女のお蔭で、窮奇が誰なのか、大体の当たりがついた。後は、念のためもうひとつ確認するだけでいい。

頭の中で策を講じると、雛花は「陛下に取り次ぎを」と兵の一人に頼んだ。


翌日、雛花《すうか》は昨日に引き続き、後宮《こうきゅう》の園林に四妃《しひ》たちを集めていた。

のどかな晩春の空にチチチ……と鶸《ひわ》の鳴き声が響《ひび》き、鮮やかな瑠璃色《るりいろ》の鶲《ひたき》が盛《さか》りを過ぎた梅の枝を飛《と》び渡《わた》る。

造園は槐帝国《かいていこく》の誇《ほこ》る文化のひとつで、広大な敷地に築山《つきやま》や曲水《きょくすい》、巨大《きょだい》な池をいくつも設けて自然の景色を再現し、さらに榭《しゃ》と呼ばれる展望の良《い》い高殿《たかどの》を水辺に建てて、風光明《ふうこうめい》美《び》な人工の山河《さんが》を楽しむ。

雛花が四妃を呼ぶことにしたのは、園内の大きな湖にある人工の中洲《なかす》だ。人工といえど、ちょっとした散策ができるほどの広さがある。

他から独立し、かつ開けた場所を選び、普段《ふだん》よりも見張りの兵の数を増やしているのは、当然のこと、窮奇が正体を顕《あらわ》すという目算のもとである。

もっとも、現在雛花が彼女らといるのは、中洲を遥《はる》か向こうに望む、湖の岸辺。にっこりと優《やさ》しく微笑み、雛花は四妃たちに呼びかけた。

「皆さま、よく集まってくださいました。今日も、昨日と同じく、とってもお日柄《ひがら》がいいですもの。お運びいただいたのは他でもない、皆さまとゆっくり、舟遊《ふなあそ》びなど楽しみたかったからですわ」

「風流な遊びを楽しめる年齢《ねんれい》には誰も達してないですけどね」

隣でぼそりと呟《つぶや》く珞紫の突っ込みを聞き流し、雛花は「えー、ですので！」と重ねた。

「ゆっくりお話しする機会に恵《めぐ》まれなかったので、ここはぜひ、おひとりずつという趣向《しゅこう》にしましょう。順番にお呼びしますから、あちらの中洲の榭《しゃ》に来てくださいな」

乳幼児たちは、雛花の言葉を首を傾《かし》げつつ聞く者、そもそも眠り込んで聞いていない者、「かえりたーい」と椅子で足をぶらぶらさせる者、そもそも聞く気がなくて一人で画巻物《えまきもの》を読んでいる者と反応はさまざまだ。誰がどれに当たるのかは想像にお任せしたい。

「それでは、こちらの岸辺でお茶をしながらお待ちになっていて」

すぐそばに着岸している、群仙祝寿《ぐんせんしゅくじゅ》などの伝統的な吉祥紋《きっしょうもん》で見るも華《はな》やかに装飾《そうしょく》された画舫《がぼう》——庭園の水路や湖を巡《めぐ》るための遊覧船に乗り込むと、雛花は先に中洲に渡《わた》る。

とん、と画舫を下りて地面に降り立つと、雛花は、瑠璃瓦《るりがわら》の屋根に走獣《そうじゅう》の飾《かざ》りが施《ほどこ》された榭《しゃ》に歩いて行く。

「とりあえず、下準備は完了《かんりょう》ですわ」

柱にもたれかかり、龍武軍《りゅうぶぐん》の精鋭兵《せいえいへい》たちを率《ひき》いて、姿を隠すように静かに様子を窺《うかが》っていた志紅に、雛花はそっと報告した。軽い首肯《しゅこう》が返される。

「窮奇を顕現《けんげん》させたら、まずは安全を確保すること。倒すのは俺の役目だと思っていて」

息をするように紡《つむ》がれた心配の言葉は、嬉《うれ》しいようで複雑だ。

「余計なお世話よ。窮奇の術を破った後は、わたくしも当然討伐《とうばつ》に参加するわ」

「難しいと思う。……捧げる予定の犠牲《ぎせい》は、きみには負担が大きすぎるんだ」

「それは、あなただって同じでしょ。女のほうが痛みには強いっていうじゃありませんの。それともまさか、なんだかんだ理由をつけてわたくしに引っ込んでいろって言うつもり？」

「そんなわけない」

気色《けしき》ばむ雛花に、志紅はきっぱりと否定した。

「今回の件で俺はきみに協力するって約束したし、その選択には納得している。……だから俺の役目は、全力できみを援護すること」

「え……？」

「後ろは気にしなくていい、無茶はしないで。必ず守るから」

ずっと雛花の前に立ちふさがり、容赦《ようしゃ》なく道を阻《はば》んできた彼から。――そんな言葉をもらえるなんて、思わなかった。

（そういう不意打ち、やめてってば……！）

頬に上る熱を誤魔化《ごまか》すように、雛花は荒業《あらわざ》で会話に終止符《しゅうしふ》を打つことにした。

「頬《ほお》、少しだけ腫《は》れてるわね。お大事に」

珞紫に殴られたであろうその痣《あざ》を指摘《してき》する。なお、優秀《ゆうしゅう》な侍女《じじょ》も、雛花のすぐそばで護衛をしてくれる手はずだ。彼はわずかに苦笑《くしょう》した。

まずは、茗貴妃《めいきひ》。

兵に守られながら画舫に揺られてきた彼女を、やっと危なげなくなった手つきで膝《ひざ》に抱《だ》き上げると、雛花は「さ、遊びましょうね」と、つぶらな瞳の前にあるものをかざした。

「今日は、絵札を見ながら遊びましょう。ここにある神獣《しんじゅう》の札の中で、好きなものを探してくださいな」

「あう、ぶうぁ」

高殿にあらかじめ用意してあったのは、彩り鮮やかな幾枚もの小さな絵札だ。

それぞれに、黒と白の龍——伏羲《ふっき》と女媧を筆頭に、吉祥を示す鳳凰《ほうおう》、麒麟《きりん》、獅子《しし》、神亀《じんき》などが、見事な筆致《ひっち》で描《えが》き込まれている。

まだ十分に言葉を話せない茗貴妃だが、画巻物の読み聞かせは好きだった。実は、話せないだけで大人の言葉も少しずつ理解しつつあるのだとは、茗家《めいけ》の両親の手紙にもあった。

小さな手でちまちまと絵札をいじったり、指さして次をねだる茗貴妃に、雛花は順番に札をめくりながら、その説明を加えていった。

「あら、獅子がお好き？　獅子はね、砂海《さかい》と樹海《じゅかい》を越《こ》えた先に棲《す》むけだものよ。とっても強靭《きょうじん》で勇壮《ゆうそう》だけど、お腹《なか》の中で虫が暴れるのが弱点で、いつも牡丹《ぼたん》の露《つゆ》を飲んでそれを鎮《しず》めているのですって」

何気なく遊ぶふりをしながら、雛花はじっと茗貴妃の反応を窺う。まんべんなくすべて読み聞かせたが、どの札に対しても、茗貴妃の反応は同じに見えた。気ままにむずかり、気ままに笑う。

（……この子は違うわね？）

「それじゃあ、また遊びましょうね」

兵に茗貴妃を返し、また次の妃へ。ちなみに対岸に残った他の姫君たちには、彗標《すいひょう》がついて守ってくれている。

それぞれ年齢ごとの差はあるものの、続く二人の妃たちにも不審《ふしん》な反応は見られない。

（これで何の反応もなければ、今回の作戦は失敗なんだけど……）

危なっかしいながら兵に抱き上げられてやってきた最後の妃を、雛花は「ようこそいらっしゃいました」と微笑《ほほえ》んで迎《むか》えた。

「ごきげんようですっ」

元気よく答えたのは、――四歳の桐賢妃《とうけんひ》だ。

いつも朗《ほが》らかな桐賢妃は、にこにこして雛花に礼を取った。編《あ》み込《こ》みのある黒髪《くろかみ》がさらりと揺れる。

「ごきげんよう、桐賢妃さま。後宮の暮らしは、楽しい？」

「はいっ！」

「でも、お母さまやお父さまに会えなくて、さびしかったでしょう？」

「うーん。平気ですの！　小姐《おねえさま》もおばあさまたちもいてくださるもの！」

兵士の手を離れた後は、恒例《こうれい》のお獅子おどりをねだり、しきりに楽しそうにおしゃべりする桐賢妃は、見れば見るほどただの愛らしい四歳の子供そのものだ。

（……窮奇は、これまでの姫君の過去を写し取る。だから、当たりをつけるためには、今までにないこれからの彼女たちの行動から読み取るしかない。たとえば、後宮に突然《とつぜん》連れて来られたら、どういう反応をするか？　って）

当たり前だが、基本的に子供たちは泣《な》き叫《さけ》んで嫌がるはずだ。両親を恋しがり、一刻も早く帰してほしいと、言葉で表現できなければ、行動で示すはず。

（桐賢妃さまだけなのよ。ほとんど暴れたり泣いたり叫んだりせずに、ずっと最初からごきげんなままで、『帰りたい』ってそぶりを見せなかったのは）

にこにこと朗らかでいつも楽しそうで、里心がついて泣く気配もない。李徳妃と葵淑妃は昨日の騒動《そうどう》もそうだが、普段からわざと雛花たちを困らせるような言動を繰《く》り返《かえ》していたし、茗貴妃はひどく暴れて夜泣きもしていた。

この場から、帰りたがらない者がいるとすれば。

それは、後宮に用がある――つまり、新しい天后を喰い殺したい、窮奇だけ。

（そしてもうひとつ。……この子だけは、『後宮連絡帳』でご両親が教えてくれた普段の様子と、ちょっと違う行動を取るのよ）

「さあ、遊びましょう。ほら、神獣の絵札ですわ。お好きでしょう？」

「わぁい！　お獅子はありますか？」

神獣が大好きな彼女は、今回の絵札遊びもお気に召したようで、声を上げて喜んでいる。

ここまでは行動そのものにおかしな点はない。

「そういえば桐賢妃さまの夢は、お獅子になって、麒麟《きりん》の友達を作って、白澤《はくたく》に弟子入りして、獬廌《かいち》の背中に乗せてもらうこと、でしたわね。その四つは特にお好きなのね？」

「はいっ、そうですの！　だって、かっこいいもの」

「ふふ、おうちから持って来られた画巻《えまき》でもおもちゃでも、お好きな神獣の意匠《いしょう》ばかり選んでおいでだったものね。……でもわたくし、知っていますの。ひとつだけ、ご自分から手を伸ばさないものがありましたわよね？」

そう。いつも、一緒に遊びながら奇妙だと思っていた。お気に入りの神獣は四種あるのに、彼女が手に取るのもごっこ遊びをねだるのも、基本的に三種だけ。

（だいたい巧妙《こうみょう》に隠していたし、わたくしが見ている前では『その一種』にも笑顔で触れていたけれど……肩の傷のせいで、今はうまくその綻びを誤魔化《ごまか》せないとしたら？）

たたみかけられる言葉の数々に、「小姐《おねえさま》、なんのこと？」と無邪気に首を傾げる桐賢妃の眼前に、雛花は一枚の絵札を突きつけた。

「ほら、こちらの図案ですわ」

小さな鼻先に示したのは、――獬廌《かいち》の札。

それは、律令《りつりょう》のもと罪人を裁く法官の証《あかし》として、佩玉《はいぎょく》の意匠《いしょう》にも用いられる神獣。偽《いつわ》りある者を嫌い、罪ある者をその額の鋭利《えいり》な一角を以て貫《つらぬ》き殺し、貪《むさぼ》り食《く》うという、公明正大の象徴《しょうちょう》。

（だからこそ、嘘を好み、真実を嫌う窮奇にとって、これ以上ないほどの天敵のはず）

札をかざされた桐賢妃は、最初はそれが何か分からないようだった。

しかし、描かれた図案を見た瞬間《しゅんかん》、顔がすうっと凍りつく。それこそ、子供らしからぬほどの、刺々《とげとげ》しい表情の変化だった。

「ううっ、うう、う」

桐賢妃は、札から逃《のが》れようともがき始める。低く唸《うな》る声は、とても、幼い女の子とは思えないほどの獰猛《どうもう》な響きを持っていた。

（これは）

――決まりだ。

「小花！　離れて」

同時に、志紅も判じていたらしい。その声を受けて雛花は飛《と》び退《すさ》る。すばやく身体《からだ》の位置を入《い》れ替《か》えた志紅に庇《かば》われた途端、周囲を囲んでいた龍武軍の兵たちが桐賢妃を囲むように散開した。

「〝韻《いん》と容《よう》とで乾坤《けんこん》を描け〟」

「〝容と韻とで乾坤を抱け〟」

呪《じゅ》を唱える声がぴったりと重なる。

犠牲と捧げるべき部位は、あらかじめ打ち合わせてある。雛花は左、志紅は右の眼球をそれぞれに。

「――〝我《わ》が身《み》に降《くだ》れ、女《じょ》媧《か》娘《にゃん》々《にゃん》〟！」

一息に言いきった瞬間、銀のたてがみの黒龍《こくりゅう》、金のたてがみの白龍《はくりゅう》が現れ、二人の背を飛《と》び越《こ》し、互いに絡《から》み合《あ》うように窮奇に向かう。その姿をなぞるように宙に描いた文字は。

天后は【頁】、皇帝《こうてい》は【日】をひとつ、そして【糸】ふたつ。

――それらを合わせて示す文字、すなわち【顯《あらわれる》】と。

糸飾りを垂らした玉《ぎょく》の神器《じんぎ》を拝み、目に視えぬものに降臨を希《こいねが》うさまを示した一字。転じて、隠れたものを引き出し、明らかにする意味をも併《あわ》せ持つ。

「さあ、これでおまえの嘘はすべて暴いたわ。正体を顯《あらわ》しなさい――窮奇!!」

その途端《とたん》。

左目を焼けつくような衝撃《しょうげき》が襲う。まるで、火箸《ひばし》を突っ込まれて掻《か》き出《だ》されるような、壮絶《そうぜつ》な激痛。

「……っ、……！」

呼吸が、咽喉《のど》に詰《つ》まる。

視野の半分が暗黒に塗《ぬ》りつぶされる寸前、桐賢妃の姿がぬるりと宙空に溶《と》け、次の瞬間には、巨大な有翼《ゆうよく》の虎《とら》がその場に姿を顕すのを確認できた。

「……っ！」

——そこまでが、限界だ。

眼球と頭とを繋《つな》ぐ神経を焼き切るような激痛は、雛花にまともな呼吸すら許してくれない。ここからが本番なのに。

(気張りなさいわたくし！　痛みなんて、覚悟、してたでしょ……！)

悲鳴も出せず、息の塊《かたまり》を吐《は》いてその場にくずおれかける雛花を、同じく歯を食いしばって右目を押さえた志紅がとっさに腕《うで》に抱きとめた。

「あとは、任せて」

「え……」

響いたのは、場違《ばちが》いなほど甘《あま》やかな声。雛花を支えたまま、志紅は、窮奇を囲む兵たちに視線を滑《すべ》らせた。

「右翼《うよく》、左翼《さよく》ともに距離を取りつつ退路を塞《ふさ》げ。令牌術士《れいはいじゅつし》は後方より『度関山《どかんざん》』で押さえ込め」

打って変わった鋭《するど》さの、志紅の指示には迷いがなく、部下たちへの信頼《しんらい》が見て取れた。それを受けた兵たちもまた、その命令に従うことに寸分の揺れもなく、かつての上官とのたしかな絆《きずな》が感じられる。

龍武兵が即座《そくざ》に動き、術士の声が中洲に朗々《ろうろう》と満ちる。

「〝天地《あめつち》の間人を貴《とうと》しとなす。君を立て民《たみ》を牧《おさ》め、之軌則《これのり》を為《な》す。車の轍《わだち》馬の迹《あしあと》、経緯《けいい》は四極にあり。幽《くら》きを黜《しりぞ》け明《あか》きを陟《のぼ》し、黎庶繁息《れいしょはんそく》す〟……」

窮奇を追い込むために用いられたその詩は、名だたる群仙《ぐんせん》のうち、『曹操《そうそう》』による作――彼は著名な詠仙《えいせん》にして、崑崙《こんろん》の覇者《はしゃ》の如《ごと》き軍仙《ぐんせん》でもあったという。

天地の間に人ほど尊いものはなく、君主を立てて民を治めて法制を正しく整え。人や物の流れを示す車の轍や馬の足跡《あしあと》は、縦横無尽《じゅうおうむじん》、東西南北の果てまであって。人事は公明正大にして世を繁栄《はんえい》に導く。

「於鑠《ああかがや》く賢聖《けんせい》は、邦域《ほういき》を総統す。……丹書《たんしょ》を燔《や》くことあるも、普《あまね》く赦《ゆる》すこと贖《あがな》わすこと無し――」

一時《いっとき》は崑崙《こんろん》において〝治世の能臣《のうしん》、乱世の奸雄《かんゆう》〟と呼ばれた『曹操』の、義を詠《うた》う力強い詩によって、窮奇はもがいて地に伏せた。

瞬時《しゅんじ》に最も的確な令牌を選定し、窮奇を追い込む志紅の判断力に、雛花は内心舌を巻く。

（す、ごい）

窮奇の脅威《きょうい》は眼前のもので、まだ、すぐそこにあるのに。志紅のあたたかな腕に支えられて、不思議と雛花は、もう大丈夫《だいじょうぶ》だという安堵《あんど》に包まれていた。

――後ろは気にしなくていい。必ず守るからと、そう告げた彼の声が耳の奥に甦《よみがえ》る。

彼の命令により、兵が、術士が動く。

突き出された槍《やり》が、窮奇の剛毛《ごうもう》を貫くと、大気を震わせる絶叫《ぜっきょう》が上がった。

やがて、流れ出た赤い血から、さらさらと黒い塵《ちり》と化して消えていく窮奇を、雛花は固唾《かたず》を呑んで見守る。

――と。

「うっ、……」

聞き漏らしそうなほど小さな呻《うめ》きがその場に響き、雛花は目を瞠《みは》った。

すっかりと窮奇の姿が溶けてしまったその後に。薄桃色《うすももいろ》の衣《きぬ》に包まれた小さな子供が倒れ伏している。

「本物の桐賢妃さま……！」

雛花は慌てて駆《か》け寄《よ》って膝に抱える。

意識はなく、衰弱《すいじゃく》してもいるようだが、呼吸は落ち着いていて命に別条はなさそうだ。飲まず食わずで数日《すうじつ》経《た》っているので最悪の事態も覚悟していたが、渾沌《こんとん》とこちらでは時間の流れ方が違うのかもしれない。

（よかった……）

ほっとした雛花が抱きしめると、長い睫毛《まつげ》を震わせ、桐賢妃は不意にぱちりと目を開いた。

「あっ」

（まずい）

間もなく中洲に響いた大音声《だいおんじょう》の泣き声に、その場にいた誰もが「あ、やっぱり」と額を押さえることになる。


そして——雛花は、昨日交わした約束を守ることができたのだ。早馬を出して数刻も経たないうちに、四妃全員の親たちが、皇宮まで我が子を迎えに駆けつけてくれたのである。

見送りを終えた雛花は、閑散《かんさん》とした室内を眺め、しみじみ実感するのだった。

（後宮の平均年齢、戻ったわね……）

終

（何日ぶりに戻ったのかしら）

皇貴妃《こうきひ》のための翠帳紅閨《すいちょうこうけい》の室《へや》は、懐《なつ》かしいとまではいわないが、それでもずいぶん長いこと空《あ》けていたような気がする。

竹や牡丹《ぼたん》の格子細工《こうしざいく》が見事な漏窓《ろうそう》から外廷《がいてい》を透《す》かし見、紫檀《したん》の長椅子《ながいす》に腰《こし》かけて、湯気を立てる白磁《はくじ》の茶器を両手で包んでぼうっとしていた雛花《すうか》は、「お邪魔《じゃま》するよ」と後ろから声をかけられて振り向いた。

「どう？　久しぶりの自室は」

禁色《きんじき》の黒い袍《ほう》を翻《ひるがえ》し、緋毛氈《ひもうせん》を踏《ふ》んで音もなく歩いてきた志紅《しこう》は、雛花と並んで長椅子に腰を下ろす。「自室じゃなくてよ」と憎まれ口を叩きつつ、不思議と雛花は逃げる気にならなかった。

「ところで小花《しょうか》。今回の件について、四妃《しひ》の実家からお礼状が届いているよ」

何を言うかと思えば、ふと志紅はそんな話題を出す。雛花は頷《うなず》いた。

「なんだか不思議な感じですわ。数日だけだったのに、ずいぶん長いことあの子たちと一緒《いっしょ》にいたみたいな……もう、あのふにふにしたほっぺを触《さわ》り放題触ることも、抱っこして子守唄《こもりうた》を歌ってあげることもないんですのね」

彼女たちのことを思い出すうちに、雛花は少しだけ切なくなっている自分に気づいた。

「なんだかんだ、やっぱり結局可愛《かわい》いのよね……あれだけいろいろやらかしてなお可愛く見えるって、羨《うらや》ましい……」

「小花。ひょっとして、寂《さび》しい？」

「ええ、まあね」

図星を指され、雛花は素直《すなお》に同意した。

生命力に満ちあふれる彼女たちとの触《ふ》れ合《あ》いは、渦中《かちゅう》ではそれどころではなかったが、終わってみると懐かしい。

「他の妃嬪《ひひん》たちも、四妃たちのお世話が終わってしまった……って、ちょっとしんみりした雰囲気《ふんいき》になってるみたいですの。まあ、過ぎ去ってみれば楽しかったもの」

「そう」

大変だったけれどね、と思い返してため息をつく雛花に、志紅は少し苦笑《くしょう》を漏《も》らす。それから、「それじゃ」と言葉を継《つ》いだ。

「この先は、きみには割と朗報《ろうほう》かもしれないな」

「うん。きみたちが一生懸命《いっしょうけんめい》、四妃たちのお世話をして、しかも両親に日々の報告をしたりと手厚い対応をしていたのが、どうも貴族たちのあいだで評判になっているらしい。おまけに四妃たちは、集団生活のお蔭《かげ》か、戻って来てから聞き分けが良かったり言葉の習得が早かったり、まあ、色々といい効果が生まれているとも噂《うわさ》が広《ひろ》がっていてね」

「えっ。……そ、それは身に余る光栄ですわ……ね？」

有難《ありがた》いことのはずなのに、なんとなく、よろしくない予感がする。にこにこと曇《くも》りのない志紅の笑顔がそうさせるのだろうか。

「それでね、自分のところの小さな娘を、とりあえずの期間だけ後宮に放《ほう》り込《こ》んで短期集団生活をさせたいっていう貴族から、今、申し込みが殺到《さっとう》していて」

「へ」

「即決《そっけつ》もできないから、みんな後宮待機《たいき》児童になっているんだけど」

「こうきゅうたいきじどう」

前後で非常に不調和を醸《かも》している単語を復唱する雛花に、志紅は「うん」と顎を引く。

「それで、なんとしても娘を後宮にっていう熱心な親たちの間で、熾烈《しれつ》な後宮入り活動――略してコウカツって呼ばれてるらしい、が繰《く》り広《ひろ》げられているみたいで」

「こうかつ」

「朗報？」

雛花はまた復唱した。

「どうしようか？　きみさえよければ、また新しい子供を四妃として迎《むか》え……」

「冗《じよう》っ談《だん》じゃなくてよ⁉」

朗《ほが》らかに珍《ちん》妙《みよう》奇《き》天《て》烈《れつ》な提案をする志紅に、雛花はみなまで言わさず即《そく》否定した。

「なに馬鹿なことおっしゃってるの⁉　わたくしたちがどれだけ大変だったか、……っていうか、むしろ、よくないのはそちらのほうではなくて⁉　一時的でも、幼《おさな》すぎる四妃を娶《めと》ったせいで、あなたが世間でどう噂されているかご存じですの⁉」

「ああ、『二代続けて皇帝陛下が異常性癖《せいへき》』、『老女趣味《しゆみ》に次ぐ幼女趣味』、『この宗室《そうしつ》がヤバい』っていう？　割と宮廷《きゆうてい》をざわつかせていたみたいだけど、もう鎮火《ちんか》したよ」

「ご存じでしたの⁉　しかも噂が悪化してるし！」

げっそりとして額を覆《おお》う雛花を不思議そうに見やり、「興味がないなら断ることにしようか」と志紅は言《げん》をあっさり翻《ひるがえ》した。

「まったく、もう……まともな妃を娶《めと》らないいんですの？」

「まともな妃？　別にいらないな」

さっくりと切り捨てられ、雛花は顔を上げる。

「俺が欲《ほ》しいのは、小花だけだから」

「え」

「だから、子供でも老人でも同じだ。きみ以外の女性なんて、何人いても変わらない」

「……っ！」

思わず、雛花は声を失う。

鮮やかな緋のまなざしが孕《はら》む熱に——気づくのが、怖くて。

「小花、俺は」

「……わたくし、失礼しますわね」

彼の言わんとするその先を、なぜか決して、聞いてはいけない気がした。

とっさに雛花は志紅から視線を逸らし、顔を伏せて長椅子から立ち上がろうとする。するりと手首に絡んだ彼の指がそれを阻《はば》んだ。

「放してください」

「駄目だ。ちゃんと聞いて」

志紅は摑んだ手を引き寄せると、そのまま雛花を抱きしめる。小柄な体は、なすすべもなくすっぽりと彼の腕の中に収まってしまった。

「こ、……紅兄さま！」

驚いた雛花はとっさに身を離そうとしたが、強く力を込められて叶わない。

その背を宥《なだ》めるように数度叩き、志紅は、雛花の耳に唇を寄せた。

「改めておめでとう、小花。……女媧の力、使いこなせるようになったんだね」

「！」

「正直、驚いた。きみは俺が知らない間に、こんなにも強くなっていたんだと。……怯《おび》えて泣いていたあの小さな女の子は、もう、どこにもいない」

思いがけない言葉に、雛花ははっと目を瞠《みは》る。

――〝小花。手を繋《つな》ごうよ〟

数日前、幼馴染だからと同じ寝台で眠った時のことが、急に遠くに感じられた。

「今のきみだからこそ、言わせて」

白い首筋に唇を寄せるように、志紅は囁《ささや》く。

「俺はきみが好きだよ。本当はずっと好きだった。小花、……いいや、雛花。妹みたいな幼馴染としてじゃない。一人の女性として」

「っ……！」

鼓動が、否応《いやおう》なしに速まる。あまりに真っ直ぐな告白に、口をぱくぱくさせて声も出ない雛花に、「きみは、前に訊いたね」と志紅は付け加える。

「どうしてわざわざ妻に据えたのかって。理由、分かってくれた？」

「こ、紅、兄さ……」

「……志紅、でいいよ。今はもう、昔みたいに、ただの幼馴染には戻れないから」

（うそ。だって、わたくしも。あなたが）

ずっと大好きだった。ずっとずっと、振り向いてくれたらどんなに幸せだろうと、諦めきれずに。——けれど。

薄目を開け、己の左手に浮かぶ蓮《れん》華龍《かりゆうりん》鱗紋《もん》に目を落とし、雛花は唇を噛む。

（もし……五年前、同じ言葉を聞けていたら、どんなに幸せだったか）

女媧の降臨《こうりん》、否、帝位《ていい》簒奪《さんだつ》の事変どころか、まだ荊《けい》の乱《らん》すらなく。

ただ無邪気《むじゃき》に、憧《あこが》れだけで生きていられたあの頃に。

唇が震える。咽喉《のど》につかえそうになる謝罪を、雛花はやっとの思いで押し出した。

「ごめんなさい、紅兄さま。わたくしは天后《てんこう》なの。今も、これからも、死ぬまでずっと」

それが、女媧を降ろした公主として果たすべき使命であり、たとえ何か事情があったにせよ、敬愛する異母兄《あに》を殺された妹として引くべき一線だから。

「うん。そう言われると思った」

気まずさに俯《うつむ》く雛花に、志紅はかぶりを振った。ついでに、さらりと同じ調子で続ける。

「でも、諦める気はないから」

「……はい？」

「今後は手加減《てかげん》なしで、なんの遠慮《えんりょ》もなく真正面から口説《くど》くし、そのつもりで」

「ちょっと待って話の流れがまったく読めないのですけども!?」

「？　いきなりじゃなく、ちゃんと予告したらいいって、この前きみが言ったんだろう」

「たしかに言ったけどそういうことじゃなくてよ!?」

唖然《あぜん》とした後、次第に吹き飛んでいた羞恥《しゅうち》が戻ってきて、じわじわと頰に朱《しゅ》を上らせる雛花に、志紅はなんでもないように告げた。

「俺は、無理やりきみを俺の妃《もの》にしてでも、天后にはさせたくない。けど、俺はきみの敵になりたいわけじゃないし、きみの心をへし折ることも本意じゃない。だからそのために、きみが自分を歪《ゆが》めずにいられる手段を考えていくことにしたんだ」

つまり、――天后として自分にできることは何でもやりたいという雛花の信念を理解したうえで、それに可能な限り寄り添いながら、肝心《かんじん》の天后になるという目標はきっちり妨《ぼう》害《がい》させてもらう、と。

「それはさすがに無理ではなくて……!?」

思わず呆れる雛花に、「やってみないと分からない」と志紅は微笑んだ。

「あなたは馬鹿ですわ」

「それ、最近も言われた。きみの身内に」

「身内ってひょっとしなくても煉兄《れんにい》さま？　……では、お元気、と言っていいのか分からないけど、あなたと気軽なおしゃべりが楽しめる状況ではありますのね」

「さてね。ああでも、部屋に戻った時にものすごくつつかれた」

（つつかれた……さすが鷹《たか》……）

一体、彼らの間でどういうやりとりがあったのか大変気になるところだ。

（なんて、誤魔化《ごまか》されてる場合じゃないわ！　なんなのよ、いったい、もう！）

もぞもぞと身じろいで逃《のが》れようとしているうちに、雛花は、だんだんむかっ腹《ぱら》が立ってきた。「いい加減放して！」と抗議しがてら、拳《こぶし》でどんどんと志紅の胸を叩く。

「あなたって、いつもどうしてそんなに涼しい顔で先に行ってしまうのよ。この間だってそう！　ずるいわ。羨《うらや》ましい。本当、気に入らない！」

「また急にどうしたんだ？　って……この間？」

「窮奇《きゆうき》を倒《たお》した采配《さいはい》が見事だったから。それを思い出して、ああ、やっぱり敵《かな》わないなって、少し、いえ、結構？　悔《くや》しい思いをしましたのよ」

それは雛花の本音だ。

天后の力を開花させたからといって、それはまだ盛《さか》りに遠い咲《さ》き初《そ》めの花。大輪となるまでには、覚悟《かくご》も経験も度胸《どきよう》も圧倒的《あつとうてき》に足りない。

それに対して、志紅は皇帝としては似たような経験値しかないのに、雛花の知らないところで覚悟を決め、己の経験を活《い》かし、はるか彼方《かなた》で振り向いて笑っているのだ。

豆粒《まめつぶ》のようなその背を見て悔しがる雛花に、「きみはそのままでいて」などと業腹《ごうはら》なことを言いながら。

「見てなさいよ。わたくしだって何年、一方的にあなたに焦《こ》がれてきたと思っているの。わたくしの自虐《じぎゃく》と嫉妬《しっと》の底力を舐《な》めないで。そのうち絶対、文句のつけようもないほど完璧な天后になって、あっと言わせてやるんだから！」

「……焦がれ……？」

そこで、なぜか志紅には非常にぽかんとした顔をされたので、雛花は首を傾げる。あまりに虚をつかれた風なので、こちらの方が動揺するくらいだ。

「な、何ですの。らしくもない間抜けなご様子で」

「小花、ひとつ訊きたいんだけど、きみ今、酒は」

「入ってるわけないでしょ⁉　真面目な顔で尋ねると思ったらいきなり何――、っ⁉」

抗議してやろうと口を開いた瞬間、顔の上に影が落ち、雛花は反射的に目を閉じる。

冷たく濡《ぬ》れた感触が、唇の上に触れた――そう思った時には、顎《あご》を彼の指先に捉《とら》えられ、吐息を深く奪われていた。

「……ん、っ……」

とっさに突き放そうとしたが、いつの間にか首の後ろに添えられていた手に阻まれる。

結局思うさま貪《むさぼ》られ、たっぷり翻弄《ほんろう》された雛花は、意識が遠のきかけた頃、ようやく解放してもらえた。仕上げに、ぺろりと唇の端を舐められるおまけつきで。

「な……ちょ、ちょ、ちょっと……!?」

しばらくぼうっと宙《ちゅう》を見上げて自失していた雛花だが、何があったか周回遅れで理解し、ぼっと頬を燃え上がらせた。

「これは宣戦布告《せんせんふこく》」

頭が真っ白になり、言葉も出せずぱくぱく口を開け閉めする彼女に、志紅は淡く笑む。

「覚悟していて。——必ず、堕《お》としてみせるから」

「お、……お、お断りだわ！　っていうか宣戦布告、長すぎませんこと!?」

「そう？　正直、まだ足りないくらいだけどね。……あと、それは返しておくよ」

不意に指さされて、はっと雛花は髪《かみ》に手をやる。ひんやりした感触と、指先で辿った形には覚えがある。

(いつの間に)

結《ゆ》い上《あ》げられた髪には、志紅に奪《うば》われた七宝《しっぽう》胡蝶《こちょう》の簪《かんざし》が挿《さ》してあった。

目を瞠る雛花に苦笑すると、彼は最後に不思議な言葉を告げる。

「忘れないで。きみは、俺の蜉蝣《かげろう》なんだ」

——と。

——蜉蝣の憂鬱

（やっぱり、広がってる……）

志紅《しこう》と話した日の晩、寝間着《ねまき》に着換えて自室の寝台《しんだい》に横になりながら、雛花《すうか》は己《おのれ》の左《ひだり》腕《うで》を掲《かか》げてみた。

（最初に紋《もん》が表れた時は、そもそも花はこんなに大きくなかったし、なんだか蔓草《つるくさ》みたいな紋様《もんよう》も出てきてる、みたい）

月明かりに、さえざえと照らされる白い腕《うで》。

そこに刻まれた、蓮《はす》の花と龍《りゅう》の鱗《うろこ》を組み合わせた、天后《てんこう》の証《あかし》——中央に〝韻《いん》〟の一字を浮《う》かばせた赤いそれを、雛花はためつすがめつする。

術を行使した時にも、犠牲《ぎせい》に捧《ささ》げた部位には左手首と同じ蓮華龍鱗紋《れんかりゅうりんもん》が刻まれ、範囲《はんい》が広いときには花の周りに蔓模様が這《は》い伝うが、それによく似た状態になっている。

（どういうことなのかしら……）

胸に不安の雫《しずく》が落ち、じわりと染《し》みになっていく。むくりと身を起こし、寝台から下りて袍《ほう》を肩《かた》にかけると、雛花は周囲をきょろきょろと確認《かくにん》した。よし、誰《だれ》もいない。

「女媧《じょか》、いる？」

薄闇《うすやみ》に向かって呼びかけると、間もなくすぐ傍《かたわ》らに、金色の光の粒《つぶ》が舞《ま》った。

『はいはーいっと。呼んだぁ？　僕の天后《てんこう》』

「こんな時間にごめんなさい。またひとつ、訊《き》きたいことがあって」

『時刻の概念《がいねん》は君たち人間のものであって、渾沌《こんとん》にあれば現在も過去も未来も関係ないから大丈夫《だいじょうぶ》だよ。で？　どうしたの？』

青年姿の女媧は、燐光《りんこう》を撒《ま》きながら、『なんでも訊いてよ』と請《う》け合《あ》う。意を決して雛花は女媧に尋《たず》ねる。

「あの、この蓮華龍鱗紋なんだけど……天后の力を得てから、なんだか少しずつ大きくなってるみたいですの。それは、どうして？」

『ああ、なあんだ。そのことかぁ』

からりと明るく質問を受ける女媧に、「あんまり大した理由じゃないのかしら？」と一《いっ》瞬《しゅん》期待した雛花だが。

そのまま朗《ほが》らかに、女媧はあっさりと続けた。

『それが全身に広がって、心臓や脳まで至ったら、君の自我《じが》が死んじゃうって証だよ』

「な、……」

絶句する雛花に、歌うように女媧は語る。

かつて志紅が黒煉《こくれん》から告げられたのと同じ、皇帝と天后の力の真実を。

すなわち、時が経《た》てばいずれ、彼らは自我を喰《く》いつぶされ、神々の空虚《くうきょ》な器《うつわ》にさせられてしまうという事実を。

さすがに衝撃《しょうげき》は大きく、雛花はしばらく一言も発することができなかった。

『力を使うたびに、犠牲を捧げてるだろ？　なに、ひょっとして、一日経《た》ったら元に戻るから、ただ一時《いっとき》の痛みだけで神々の力を使えるとでも思ってた？』

人間ごときが分不相応《ぶんふそうおう》な大きな力を手にするのに、それっぽっちで足りるとでも？　と、にこにこ追い打ちをかける女媧に、雛花はやはり黙《だま》り込んでいたが。

「……いいえ」

やがて、はあっと息を長く吐《は》き出《だ》した。

「なるほどなって納得しただけ。……何かあるんだろうとは覚悟していたもの」

『あ、やっぱり？　そうなんだ？　……前に囮《おとり》作戦を実行した時も思ったんだよねえ。この子、さては宗室《そうしつ》の秘密にうすうす勘づいてるな、ってさ』

にやにやと笑う女媧に、雛花は「具体的には分からなかったわ」と額を押さえる。

「でも、身体《からだ》を生贄《いけにえ》として切り売りしながら行使する術なんて。おまけに、桃華源《とうかげん》の森羅《しんら》万象《ばんしょう》を操《あやつ》る力なんて。あなたの言うとおり、人の身で行使するなら、それぐらいの代償が求められて然《しか》るべきじゃない」

『あは、それもそうだね。んー、それで、どうするの？　天后になるのは諦《あきら》める？　っていうか、覚醒《かくせい》したら最後、途中《とちゅう》でやめちゃうことはできないから。君ができることってい えば、まあ、力をできるだけ使わないようにしつつ、自分が消えちゃう日を戦々恐々《せんせんきょうきょう》と待つだけなんだけど……』

楽しげに、雛花と同じ孔雀緑《くじゃくみどり》の眼《め》を輝《かがや》かせると、女媧は顔を覗《のぞ》き込んできた。眉《まゆ》を曇《くも》らせつつ、雛花は首を振《ふ》る。

「やめないわ。力も普通《ふつう》に使い続けるわよ」

『へえ？　なんで？』

「別に、自我が消えようと魂《たましい》が喰《く》われようと、それはそれで必要なら仕方ないんだもの」

何かに震《ふる》えて怯《おび》えて命の終わりを待つだけなら、天后の力に覚醒する前でも同じだ。落ちこぼれの徒花公主《あだばなこうしゅ》として、役立たずな己のふがいなさに俯《うつむ》きながら日々を費《つい》やしていた頃《ころ》と。

それなら、どんなに短かろうと、己の果たすべきことに向かって突《つ》き進《すす》みたい。

（もやもやが解消してよかったって感じよ、もう）

いっそ晴れやかな顔になっている雛花を、ちょっとの間、眉根《まゆね》を寄せて不思議そうに眺《なが》めやっていた女媧だが、やがて『なぁるほどねえ』と頷いた。

『僕もこれですっきりした。だからあの皇帝の子は、君に何も知らせず、意思を無視して、無理やりにでも閉じ込めようとしていたんだね』

「え？」

『どうしてか分からないけど、君は、自分の命について頓着《とんちゃく》しないみたいだから』

「……？」

『君も十分、おかしいよ、ってことさ』

自分で火に飛び込んでいく蜉蝣《かげろう》みたいな子の意志なんて、尊重してられないものねえ、と女媧はけらけら笑っている。不本意な評に雛花は口をひん曲げた。

「なんだか最近も言われたけど。……蜉蝣みたいにきれいなものじゃなくてよ」

──蜉蝣《ふゆう》の羽、衣裳《いしょう》楚楚《そそ》たり、心の憂《うれ》え、於《ここ》に我《われ》帰處《きしょ》せん。

蜉蝣と聞けば雛花に思い浮かぶのは、詠仙《えいせん》『曹風《そうふう》』の詩だ。蜉蝣は美しく清楚《せいそ》で、けれど儚《はかな》い。だからこそ、その命の短さを憂える、と。

（……そういうものかしら。でも、紅兄さまが言っていた『蜉蝣《かげろう》』は、きっとそれを意味して……え？）

はたと思い出す。そうだ、──この詩の真の意味は。

永遠に眠るのならば、あなたのそばで。

逝《い》ってしまった大切な人を蜉蝣にたとえて悼《いた》みながら、残された者が嘆《なげ》きのあまり自らも死を願うもの。
曖昧《あいまい》だった不安に明確な形が与えられたからこそ、雛花はとんでもない事実に気づいて
しまい、さっと顔色を変えた。
(天后が自我を女媧に喰われるとすれば……まさか)
「女媧。あなたがいう、その代償は、ひょっとして皇帝にもいえること、な、の……?」
これに対する返答は端的で、あまりにも無情だ。
『当ったり前じゃないか。神々の力を我がものにしている限り、誰だって逃げらないよ?』
(そんな! なんて馬鹿《ばか》なことをしてくれたのよ、あの人は……!)
それとも、それが分かっていて、行動を起こしたのか。
どちらでも同じだ。とっさに雛花は女媧に取りすがった。
「今の皇帝は、……紅兄《こうにい》さまは宗室じゃないわ! だからお願い、紅兄さまの……いいえ、
煉兄《れんにい》さまのぶんだって、わたくしが早く代償《だいしょう》を支払うから、どうにかできない!?」
『そんなこと言われたって、あっちは伏羲《ふっき》の領域《りょういき》だしさぁ。っていうか、君と同じこと
を考えたから、あの皇帝の子も今あんなことになってるんでしょ? 喜劇《きげき》みたいだねぇ』
人間って愚《おろ》かで面白いや、とけらけら笑う女媧に、雛花はしばらく唇《くちびる》を噛《か》んでいたが。
(……そうだわ。尋ねたいことはそれだけじゃないのよ。ひょっとしたら、そこに光明《こうみょう》
が見えるかもしれない)

はっと我に返り、雛花は目の前を漂う美しい神を探るように見つめる。

――〝他に誰を呼んだのさ〟

雛花がどうにか呼び出したこの〝女媧〟は、実は、こうして自由に話せるようになった後、一度も自分からは名乗らなかった。

（女媧であることは否定されなかったし、この力は女媧娘々《にゃんにゃん》のものだしで、わたくしも納得《なっとく》しようとしてきた。でも、やっぱりおかしいわ。女媧が男だなんて、そんなこと）

「もうひとつ教えて。……ねえ、あなたは本当に〝女媧娘々〟なの？」

どきどきと速まる心臓の鼓動《こどう》がうるさい、と他人事《ひとごと》のように感じつつ、雛花は目の前の青年を見た。

彼はやはり、変わらずにこりと微笑《ほほえ》んでみせる。そして、同じく平然と返すのだ。

「――ううん、違《ちが》うよ」

終

あとがき

この本をお手にとっていただきありがとうございます。夕鷺《ゆうさぎ》かのうでございます。

こちらは、自虐嫉妬《じぎゃくしっと》ヒロインと、執着系《しゅうちゃくけい》あたまぷっつんヤンデレヒーローの、中華後宮漢検《かんけん》漢詩《かんし》簒奪《さんだつ》ラブコメ第二巻です。ぞ、属性が多くてすみません。

ヒーロー側から少年向けに出すならタイトルが『親友ぶっ殺して、幼馴染を監禁《かんきん》してみた』『俺の後宮に老女か●女しかいない件』とかになりそうな、なんともこうアレな話の続きをこうしてお届けできることになり、前巻を応援して下さった皆様に感謝ばかりです。

以下、ちょっとネタばれを含みますので、本編未読の方はご注意ください。

作品の世界観上、よく漢詩が出てくるのですが、調べれば調べるほど奥深く興味が尽きません。言語も時代も国も違う文化なので、ひとつの詩でも幾通りにも読めまして、たとえば本編で最後のほうに登場した『蜉蝣《ふゆう》』は、「心之憂矣、於我帰處」を「心憂《こころうれう》れば、我と帰處《きしょ》せよ」と読めば「憂いがあるなら私とともに留《とど》まれ」、後半を「於《いづく》にか我帰《われかえ》り處《よ》らん」と読めば「私は安息の地をどこに求めればいいのか」となります。滅びゆく国で贅沢《ぜいたく》にうつつを抜かす人々を戒《いまし》める詩であるとか、豊穣《ほうじょう》を願う雨乞《あまご》いの詩であるとか、その意味にも色々な説があるようですが、当作ではあのように解釈《かいしゃく》することにいたしました。

それでは、この場をお借りして、お世話になった皆様にお礼を申し上げたく。

挿画《そうが》の凪かすみ先生。お忙しい中お引き受け下さるのみならず、自分の鼻血に溺《おぼ》れそうになるほど素敵なイラストの数々に、魂《たましい》抜かれっぱなしでした。表紙の志紅《しこう》の流し目なんて、思わず「キャー目が合った！」と黄色い声を上げかけました。実態が「なに見てるんだよ」的な意図だとしても！　そして、新キャラ二人のデザイン麗《うるわ》しすぎて神……！

担当I様。いつも作品を的確にとらえてプロデュースしてくださり頭が下がります。だというのに、最初につけてくださった帯のアオリ『監禁！　介護《かいご》！　待機児童《たいきじどう》！　この後宮がヤバい二〇一八』は的確すぎるんで勘弁《かんべん》して下さい。いや実際そのとおりなんですが、それつけたらたぶん違うレーベルになると思います……。

前巻を読んであたたかい感想をお送りいただいた皆さま。設定がラブコメ的にだいぶ規格外なこともあり、冷や冷やしていたところ、本当に勇気を頂きました。今後とも楽しんでいただける作品をお届けできれば幸いです。

校正様にデザイナー様、書店様など、出版・流通に携わるすべての皆さま。

そして、今こうして本作をお手にとっていただいている皆さまに。

ありがとうございます。また、お会いできれば幸いです。

夕鷺かのう拝

■ご意見、ご感想をお寄せください。
《ファンレターの宛先》
〒102-8078 東京都千代田区富士見 1-8-19
株式会社KADOKAWA ビーズログ文庫編集部
夕鷺かのう 先生・凪かすみ 先生

ビーズログ文庫

■本書の内容・不良交換についてのお問い合わせ。
エンターブレイン カスタマーサポート
電　話：0570-060-555
(土日祝日を除く 12:00〜17:00)
メール：support@ml.enterbrain.co.jp
(書籍名をご明記ください)

◆アンケートはこちら◆
https://ebssl.jp/bslog/bunko/enq/

後《こう》宮《きゅう》天《てん》后《こう》物《もの》語《がたり》

〜新《あら》たな妃《きさき》にご用心《ようじん》!?〜

夕鷺《ゆうさぎ》かのう

2018年6月15日 初刷発行

発行者	三坂泰二
発行	株式会社 KADOKAWA 〒102-8177 東京都千代田区富士見 2-13-3 (ナビダイヤル) 0570-060-555　URL:https://www.kadokawa.co.jp/
デザイン	島田絵里子
印刷所	凸版印刷株式会社

ISBN978-4-04-734939-1 C0193

定価はカバーに表示してあります。